Toni will Pauline

Meiner Tochter Katja zu ihrem 12. Geburtstag

Inhalt

An seinem 13. Geburtstag verknallt sich Toni in seine Klassenkameradin Pauline. Da er über keine besonderen Talente verfügt, mit der er sie erobern könnte, entwickelt er seinen ganz persönlichen Plan, es dennoch zu schaffen. Schritt für Schritt setzt er ihn trotz aller Widerstände um, stets sein rotgelocktes Ziel vor Augen. Bis zum dramatischen Finale im Schwimmbad.

Autorin

Die ehemalige Lehrerin Anja Gerstberger betreibt die Jugendwebsite www.juppidu.de, arbeitet als Lektorin (www.gerstberger.de) und schreibt Bücher. Die Autorin lebt mit ihrer Familie in Hamburg.

Anja Gerstberger

Toni will Pauline

©2018

Herstellung und Verlag: BoD – Books on
Demand,   Norderstedt.
ISBN: 9783746095509

Redaktion: Anja Gerstberger

Inhaltsverzeichnis

Einleitung

Ich heiße Toni, bin 13 Jahre alt und ein schulbekannter Eroberer.

Vor wenigen Wochen hätte ich mich noch ganz anders beschrieben:

Ich heiße Toni, bin 12 Jahre alt und das größte Weichei der Klasse. Wahlweise auch The Biggest Loser, aber das könnte man wieder mit der Fernsehsendung verwechseln, also doch lieber Weichei. Oder Loser ohne was davor, schließlich erklärt sich Loser ja von selbst.

Da ihr sicher nicht an Wunder glaubt und wisst, dass ein normalstnormaler, nicht nur unauffälliger, sondern richtiggehend unsichtbarer Durchschnittslangweiler sich nicht über Nacht in Superboy – für Superman bin ich dann doch nicht alt genug – verwandeln kann, die Sache also einen Haken haben muss, erzähle ich euch einfach, was dazwischen passiert ist.

Ich glaube nämlich, dass meine Geschichte sich überall wiederholen könnte, nein, nicht könnte, müsste. Warum schließlich sollte ich der Einzige sein? So eingebildet bin ich nun auch wieder nicht. Es gibt so viele von uns:

Jungs,

- die durchschnittlich aussehen, durchschnittliche Noten haben und durchschnittlichen Hobbys nachgehen,
- die keine Millionäre als Eltern haben, um mit Papas Scheinchen in der Clique den großen Macker markieren und vor der Angebeteten protzen zu können,
- die weder grandiose Sportskanonen noch begnadete Dichter, Gitarristen, Tänzer oder Sänger sind, also absolut keine Fähigkeiten haben, mit denen man (fast immer) bei den Mädchen gut ankommt,
- die auf Mädchenansammlungen ab zwei Exemplaren mit Fluchtverhalten, Schweißausbrüchen und Sprachlähmung reagieren. In besonders schlimmen Fällen auch mit roter Gesichtsfarbe und Stottern,
- die zu viel Hirn im Schädel haben, als dass sie sich auf schwachsinnige Mutproben und waghalsige Aktionen einlassen würden.

Erkennst du dich wieder? Dann habe ich genau für DICH meine Erfahrungen aufgeschrieben. Oder besser meine Geschichte.

Ich kann dir nichts versprechen – Rezepte mit Erfolgsgarantie gibt es nicht mal im Backbuch meiner Oma – , denn bei jedem kann die Story einen anderen Verlauf nehmen als bei mir, aber so, wie ich aus meinen Erlebnissen gelernt habe, kannst du es auch.

Glaube ja nicht, dass alles immer Ponyhof war! Nee, nee. Ein Traumprinz zu werden kann sogar sehr anstrengend sein. Gespickt mit vielen Hindernissen und noch mehr Peinlichkeiten. Später mehr dazu.

Auf mich trafen und treffen jedenfalls leider alle oben genannten Punkte zu. Dennoch habe ich an meine winzige Chance geglaubt und mich in das Abenteuer bzw. den Kampf gestürzt. Das Ziel wies mir dabei den Weg. Mein Ziel hieß Pauline.

Mein Motto als Ritter, der auszog, ein bestimmtes Damenherz zu erobern, lautete: Hinfallen. Aufstehen. Rüstung in Ordnung bringen. Weiterkämpfen.

Übrigens dürfen natürlich auch Nicht-Beschriebene das Buch lesen, beispielsweise:

- Mädchen, um das Geheimnis Jungs ein wenig besser zu begreifen,
- Jungs, bei denen stets alles rund läuft, damit sie ihren Freunden beistehen können, wenn diese Schwierigkeiten haben, ihre Rüstung wieder in Ordnung zu bringen,
- Eltern, die sich angesichts des seltsamen Verhaltens ihres Sprösslings mit dem Gedanken tragen, selbigen einem Psychologen oder Psychiater vorzustellen,
- Lehrer, die sich abwechselnd fragen, ob sie statt in einer Bildungseinrichtung in Wahrheit in einem Menschenzoo, einer Irrenanstalt oder einem Hormon-Versuchslabor gelandet sind, und daher über eine Klage auf Schadensersatz oder Schmerzensgeld nachdenken,
- Possierliche Tiere wie Bücherwürmer und Leseratten, die gerne schmökern und lachen.

So. Genug des Vorgeplänkels. Auf der nächsten Seite geht meine Story endlich los.

Versprochen.

1) Jetzt schlägt´s 13!

Ich wache auf und zunächst fühlt sich der Morgen an wie immer: Zu früh, zu hell, zu laut. Stöhnend ziehe ich mir die Bettdecke über den Kopf und rolle mich zu einer Kugel zusammen in der Hoffnung, ein schwarzes Loch zu entdecken, in das ich mich einsaugen lassen und vor dem nächsten grausamen Schulvormittag in Sicherheit bringen kann, als ungewohnte Geräusche bis zu meinem schlaftrunkenen Unterbewusstsein vordringen: Wispern, Rascheln, schleichende Schritte.

Moment mal, funkt mein Langzeitgedächtnis. Eltern wispern, rascheln und schleichen nicht. Schon gar nicht meine große Schwester Jo: Selbige hieß bis zu ihrem 14. Lebensjahr übrigens Johanna, so auch in ihrer Geburtsurkunde eingetragen. Johanna war seit besagtem Tag jedoch als Rufname eine Zumutung und wurde daher gegen das so viel coolere Jo getauscht, gesprochen Tschoou. Ihre ABF (für Oldies und Outis: Allerbeste Freundin) darf sie auch Joanna nennen, gesprochen Tschoänna.

Eltern schreien (Wahlweise: „Wer hat schon wieder mein Shampoo geklaut!" oder „Hat jemand meinen Schlüssel gesehen, verdammt, ich muss heute früher los!"), verrichten alltägliche Tätigkeiten wie Tisch decken oder Duschen im Düsenjägermodus und trampeln wie die letzten Dinos durchs Haus.

Jos Sound foltert meine vor sieben Uhr überempfindlichen Lauscher noch fieser: Fröhliches Trällern (vermutlich in Vorfreude auf ihre Flamme, die sie in der Schule nach der ewigen Trennung von gefühlten 1000 Stunden, tatsächlich nur schlappen 12, endlich, endlich wiedersehen wird), gnadenloses Dauerfeuer aus ihren Lärmwaffen Gettoblaster (begleitet die morgendlichen Figur-Optimierungsübungen, was die Eltern erlauben, da der Sohnemann schließlich auch in die Gänge kommen soll und die bis zur Schmerzgrenze aufgedrehte Musikmaschine ihnen die Aufweckarbeit dankenswerterweise abnimmt), Fön (das Gesamtkunstwerk auf dem Haupt meiner Schwester braucht seine Zeit) und Smartphone-Klingelton (Welcher normale Mensch empfängt zu nächtlicher Stunde, okay, das ist vielleicht etwas übertrieben, aber ab 6:00 Uhr bestimmt, im

5-Sekundentakt lebenswichtige Textnachrichten?!?) und zur Vollendung ihrer Krawalloper schließlich das beschwingte Hinunterhüpfen auf der Treppe, wohlgemerkt in hippen Holzclogs auf Naturstein.

Da ich zu den Gewohnheitstieren zähle, weckt mich die unerwartete Stille schlagartig auf und signalisiert Gefahr. Was ist los?

Ein Blick auf den Kalender und die Erinnerung an Mamas gestriges Dauer-Tätigsein in der Küche lösen das Rätsel:

Geburtstag! Und zwar meiner!

Wie gut, dass es in unserem Haushalt keine Webcams gibt, die die peinlichen Geburtstagsbräuche meiner Familie in die Öffentlichkeit posaunen könnten (Hast du schon gesehen, bei den Fischers machen sie eine Polonäse und es gibt eine Luftballonpinata, prust, prust)!

Zugegeben, als Vorschulknirps fand ich den von Papa mit dem Akkordeon (Papa wurde zu diesem Instrument verdonnert, weil es ohnehin schon im Haushalt vorhanden war und kein neues angeschafft werden musste, daher beherrschen meine Schwester und ich KEIN Instrument) angeführten Musikzug vom Bett des Geburtstagskindes in die Küche zum festlich gedeckten Frühstückstisch mit dem doppelten Geburtstagskuchen (Kerzen zum Auspusten obendrauf, eingebackener Glücksbringer innendrin, meine Mutter muss es immer übertreiben) ausgesprochen lustig und bin begeistert mitmarschiert, doch bereits in der Grundschule war mir das Theater mehr als unangenehm und jetzt finde ich es nur noch peinlich.

Sind das wirklich erwachsene Menschen (also sich jenseits des Kleinkindalters bzw. der Pubertät befindlichen), die sich wie durchgeknallte Typen aufführen und Happy Birthday (bei den Großeltern ist der neumodische Kram nicht erlaubt, da muss es dann die deutsche Version „Zum Geburtstag viel Glück" sein) grölend durch den Flur und das Treppenhaus ziehen? Wenigstens entspricht die Zahl der Wiederholungen nicht mehr dem jeweils erreichten Lebensalter, ab 10 nur noch einmal pro Dekade, uff, Glück gehabt, bei 13 wird abgerundet.

Um nicht die Spaßbremse zu geben, stelle ich mich schlafend, als durch das Schlüsselloch ein dreifaches Tuscheln braust: Pst! Seid leise! Sonst hört er uns noch! – Sehr geistreich, spätestens jetzt wäre jeder Nicht-Taube wach geworden! Danach folgt das leise Herunterdrücken der Türklinke, besser gesagt, der Versuch, denn unsere Türklinken sind so schwergängig, dass ein leises Betätigen gar nicht möglich ist. Erst tut sich gar nichts und dann entlädt sich der aufgebaute Druck in einem lauten Knack! Abhilfe wird es nicht geben, da ein Komplettaustausch dieser Fehlkonstruktion an meinem sparsamen Vater („Die tun's doch noch!") und meiner romantisch veranlagten Mutter („So schöne findet man heute gar nicht mehr!") scheitern würde. Also weiterhin Klack, Klack.

Die automatische Überwachungsfunktion nicht zu vergessen: Nächtliche Kühlschrankplünderungen von wem auch immer werden seit Papas missglücktem Biskuitrollengemetzel gar nicht mehr in Erwägung gezogen. Nicht nur, dass Paps versucht hatte, die für Mamas Kaffeeklatschtanten vorgesehene Erdbeerrolle stümperhaft zusammenzuschieben, nachdem er zuvor ein üppiges Mittelstück entfernt und seiner eigenen Mitte einverleibt hatte, nein, es war seine Antwort auf Mamas Frage: „Kannst du mir verraten, was du nachts um Zwei mit der Tortenschaufel herumzuhantieren hast?" Vielleicht wäre die Wahrheit („Das Endstück ranschieben und die Naht zuspachteln!") doch besser gewesen als sein Aufopferungsspruch: „Es ist doch besser, wenn nach dem Kalorien-sündenfall ein einzelner Mann Diät halten muss und nicht fünf Frauen!"

Wie lange brauchen die denn bis zu meinem Bett? Ich will endlich anfangen und es hinter mich bringen! „Guten Morgen, Geburtstagskind! Aufstehen! Feiern! Singen! Tanzen! Geschenke!" Der Wörter-Beschuss ist erst der harmlose Anfang. Jo zieht meine Bettdecke weg, während Mama mir einen Kuss auf die Wange geben will (zGkW: zum Glück keine Webcam), was dazu führt, dass sich beide verheddern und auf mich drauf plumpsen, eine Bemerkung zu ihrem Gewicht verkneife ich mir lieber.

Lieber Augen auf und den Überraschten spielen. Küssen. Umarmen. Aufstellung. Papas Quetsch-kommode hinterher: Das Happy Birthday reicht fast bis zur Küche. Als ich den beachtlichen Pfannkuchenberg erblicke, fängt es tatsächlich an, Spaß zu machen. Die Kerzen puste ich lässig aus, die unvermeidlichen Bemerkungen zu meinem neuen Alter kommentiere ich mit einem Lächeln, das hoffentlich nicht so gequält aussieht, wie es sich anfühlt. „13 ist gar keine Unglückszahl, dein neues Lebensalter wird bestimmt ganz toll!" (Mama) – „Jetzt, schlägt´s 13, Junge! Jetzt locken nicht mehr die Legosteine, sondern die Mädchenbeine!" (Paps) – „Wie wär´s, wenn du ab heute Daisy übernimmst? Geld kann man immer gebrauchen! Frau Westermann hätte bestimmt nichts dagegen!" (Jo). Eigentlich keine blöde Idee. Dreimal wöchentlich eine halbe Stunde den Nachbarshund um den Block führen und dafür zehn Euro kassieren. Hört sich nach einem fairen Deal an.

„Pusten! Wünschen! Auspacken!" Mama wird ihrer Rolle als Antreiberin wie immer gerecht. „Mach schon! Du musst ja auch noch frühstücken, ins Bad und wegen der Cupcakes früher als sonst losfahren!" Selbst am Geburtstag wird man gehetzt, seufz! Also gut, tief Luft holen und die 13 Kerzen erlöschen lassen. Trotz der dicken in der Mitte problemlos geschafft.

Unvergessen mein 11. Geburtstag, als ich versagt habe und mich nach dem Pusten ein einzelnes Flämmchen hämisch angegrinst hat. Die entsprechenden Kommentare meiner Lieben sind dagegen dann das gesamte Jahr über immer wieder aufgeflammt. „Jetzt darfst du dir was wünschen!" (Mama, überflüssig). – „Ich hätte da schon eine Idee!" (Papa, grinsend). – „Aber das darf er doch nicht laut sagen, sonst geht der Wunsch nicht in Erfüllung!" (Jo, ebenfalls überflüssig). Da mir so auf Kommando (als hätte ich nicht ein volles Jahr Zeit gehabt, darüber nachzudenken) kein angemessen toller Wunsch einfällt, spare ich ihn mir auf. Das ist doch erlaubt, oder? Falls man überhaupt daran glaubt.

„Jetzt mach endlich deine Geschenke auf!" Mama drückt mir ungeduldig ein weiches Päckchen in die Hand. Die alljährlichen selbst gestrickten Socken. Zwei Paar. Diesmal weißblau geringelt und grasgrün. „Die passen genau zu deiner Cordhose!" Die mir garantiert nicht mehr passt, weil ich in diesem Sommer gefühlte zehn Zentimeter gewachsen bin. Aber egal, Schlafsocken kann man nie genug haben.

„Klein, aber fein!" Papa reicht mir einen blauen Umschlag. Eine Konzertkarte? Ein Ticket für das nächste Spiel der Nationalmannschaft? Bargeld? Fast. Ein großzügiger Gutschein für das Einkaufszentrum unserer Stadt. „Damit du nicht länger den langweiligen Kram anziehen musst, den dir deine Mutter kauft!" Papa lacht. „Als ob ich keinen Geschmack hätte, Stefan!" Mama zieht eine Schnute. „Außerdem hat Toni immer Mitspracherecht!" Naja, das will ich jetzt nicht vertiefen. Bei meiner Baggyhose musste ich mich mit dem harmlosesten Modell zufriedengeben. Was ich dann mit der Wahl des wildesten Musters gekontert hatte. Egal, künftig wäre ich bei meinen Outfits ein freier Mann. Zumindest so lange, wie Papas Wertkarte reicht.

„Noch ein Gutschein?", frage ich Jo, als sie mir lächelnd einen gelben Umschlag überreicht. „Kinokarten? Klasse! Danke! Da kann ich mit Claas in den nächsten Actionkracher". – „Du musst schon genau lesen, Brüderchen." Jo grinst verdächtig fies. Was kann ich denn schon überlesen haben?

Oh nein, was steht da? „Ein Pärchen-Gutschein!" War ich derjenige, der diesen entsetzten Schrei ausgestoßen hat? „Seit wann gibt es denn so was?" – „Der neueste Werbegag. Als Pärchen sparst du zwei Euro im Vergleich zu Einzeltickets." So sparsam kenne ich meine Schwester gar nicht. „Soll ich etwa mit Claas Händchen halten, um in den Film reinzukommen?" Jo rollt genervt mit den Augen. „Natürlich nicht. Warten, bis es Zoom macht. Der Gutschein ist zwei Jahre gültig. So ein Spätzünder wirst du ja wohl auch nicht sein!" Ich und Spätzünder?

„Wollen wir nicht endlich den Kuchen anschneiden?" Papas Bass verhindert ein Nachdenken über diese Frage. Pfannkuchen sind nicht gerade sein Ding. Umso entschlossener jagt er das Messer in sein sahniges Opfer.

Unglaubliche zehn Minuten später (fünf für die Pfannkuchen, fünf im Bad fürs Anziehen und Katzenwäsche, Mundspülung statt Zähneputzen als Trick) kämpfe ich an meinem Fahrrad mit Mamas überdimensionierten Kuchenbehältern. „Die müssen ganz gerade transportiert werden und nicht zu fest bremsen!" Sorgenvoll überwacht sie meine Bemühungen. DIE sind 26 Cupcakes. Verteilt auf zwei Boxen. 13 mit Vanillecreme und Smarties, 13 mit Schokosahne und bunten Zuckersternen. Meine beiden Expander müssen zu Höchstform auflaufen, bis die wertvolle Fracht ausreichend (in meinen Augen, in Mamas noch lange nicht) gesichert ist. „Glaubst du wirklich, dass das hält, Toni?" Bedenkliches Stirnrunzeln bei Mama. „Klar!", rufe ich fröhlich, steige entschlossen in die Pedale und sause los. Viertel vor Acht. Pünktlich sein oder Frachtschäden in Kauf nehmen?

Drei nach Acht. Doch als Geburtstagskind genieße ich heute das Wohlwollen der Lehrerschaft. Verärgerte Augenbrauen, die sich ebenso schnell wieder senken, wie sich der zur Schimpfrede ansetzende zugehörige Mund wieder schließt, als ich nach vorsichtigem Fußtritt an die Klassenzimmertür und einem drohend knurrigen „Herein!" die riesigen Cupcake-Boxen zu meinem Platz balanciere. Geschafft. Alle heil geblieben. Ein knapper Blick von Mathe-Baumann genügt und er hat die Situation erfasst. „Die verteilen wir dann in der zweiten Stunde. Kurz vor der Pause." So tiefenentspannt hätte er sonst nicht auf ein immerhin achtminütiges (War der Weg vom Fahrradkeller schon immer so weit? Plus die heikle Fracht) Zuspätkommen reagiert. „Ach ja,

Glückwunsch." Von Baumann hörte sich das fast schon wie eine Liebeserklärung an.

„Ich will einen mit Schoko!" – „Ich Vanille." – „Gibt es auch einen ohne Deko?" Typisch Tina, rappeldürr und achtet trotzdem immer auf die Figur. Das hübscheste Mädchen der Klasse. Für Normalsterbliche unerreichbar.

„Gib her, dann esse ich deine Creme und die Smarties!", mimt Gierschlund Eric den Hilfsbereiten. „Aber nicht mit den Fingern!", kreischt Tina entsetzt. Schade, dass ihre Quiekstimme nicht so recht zu ihrem Aussehen passt. Wortlos reiche ich Eric eine Plastikgabel. Mama hat wie immer an alles gedacht.

Als ich endlich sämtliche Backkunstwerke ohne größeren Unfall (Gedränge + beängstigend hohe Sahne- bzw. Cremeberge = erhöhte Kleckergefahr) an den Mann bzw. die Frau gebracht habe, packe ich erleichtert meinen Kram zusammen. Doch ich habe mich zu früh gefreut.

„Hast du noch einen für mich übrig, Kumpel?", erkundigt sich Eric und dreht sich in meine Richtung um. Der Beginn einer unglücklichen Kettenreaktion: Er stößt bei seiner Drehung an

Leonie und katapultiert sie nach dem Riese-besiegt-Elfe-Gesetz auf ihr Gegenüber Klara, die daraufhin rückwärts an Timo knallt. Dieser gerät aus Überraschung kurz ins Schwanken, was Anna, die direkt neben ihm steht, zu einem beherzten Sprung zur Seite veranlasst, wobei sie auf Saschas Fuß landet. Der flucht, reibt seinen schmerzenden Fuß und hüpft wild schau-spielernd wie Rumpelstilzchen herum. Rempelt dabei Pauline an, die gerade in ihren Schoko-Cupcake beißen will. Die braune Sahne trifft nun die Nase statt den Mund, außerdem verliert Pauline das Gleichgewicht und fällt vornüber.

Auf mich. Und den Vanille-Cupcake in meiner Hand. Zur braunen Nase gesellt sich ein roter Pulli mit hellgelbem Zierstreifen. Dazu ein blauer mit demselben Muster. Meiner. Schadenfrohes Gelächter der lieben Mitschüler und Mitschülerinnen untermalt die peinliche Situation. „Entschuldigung.", sagt Pauline. „Entschuldigung!", entgegne ich automatisch. „Wieso Entschuldigung? Du kannst doch gar nichts dafür!" Kurze Pause, während sie mit dem Finger die Creme von ihrer Brust klaubt und den Finger abschleckt. „So kann ich wenigstens beide Sorten probieren." Nach dem Pulli ist dann die

Nase mit dem Säubern an der Reihe. „Schoko ist eindeutig besser!"

„Meine Mutter kann deinen Pulli waschen", biete ich an, „Wenn du möchtest." Irgendwie fühle ich mich für das Unglück verantwortlich. Schließlich hatte ich die klebrige Ladung mitgebracht. „Nicht nötig." Pauline blickt an sich herunter. „Ist schon fast weg." Dreht sich um und ist es selbst auch.

So wie ich. Aber das gehört schon ins nächste Kapitel.

2) Auf in den Kampf!

Ich liege auf meinem Bett und horche in mich hinein. Wie Mama beim Meditieren, so hat sie es mir zumindest erklärt. Noch höre ich nichts. Stimmt nicht. Ehrlich gesagt höre ich sehr wohl etwas. Aber etwas, das neu ist, Angst macht und sich eindeutig noch eine Nummer zu groß anfühlt.

Ich glaube, es hat bei mir heute dieses berühmte Zoom gemacht. Bei Pauline. Als sie so lässig auf die klebrige Cupcake-Sauerei reagiert hat, obwohl alle gelacht haben. Während ich erwartungsgemäß die Tomate gegeben habe, hat Pauline lässig die Finger abgeschleckt und ist davonspaziert.

Nix Drama-Queen („Oh nein, wie sehe ich nur aus! So kann ich mich unmöglich in der Pause sehen lassen!"), nix Hobby-Anwältin („Du musst die Reinigung bezahlen!"), nix Motz-Zicke („Wo doch jedes Baby schon weiß, dass Cremetorte unpraktisch ist!"). Einfach sauber machen und das Ganze nicht überbewerten. Kein Problem, kann mal passieren. Keine Show, zurück zur Tagesordnung. Kein anderes Mädchen der

Klasse hätte so reagiert. Keines. Pauline ist wirklich beeindruckend.

Aber ich nicht. Ich bin leider kein bisschen beeindruckend. Durchschnittlichster Durchschnitt. Aussehen ohne jeden Erinnerungswert. Null Punkte (oder höchstens einen) auf der Musikalitäts- oder Sportlichkeits-Skala. Normales Elternhaus. Kein ausgefallenes Hobby. Nicht mal ein putziges Haustier. Absolut nichts, was ein Mädchenherz höher schlagen lassen könnte. Seufz.

Also Plan B. Wenn ich dem Zoom-Gefühl eine Chance geben will (und ich will, ergibt das kurze Hineinhorchen) und als Ritter der traurigen Gestalt meine Herzdame Pauline dennoch erobern möchte, brauche ich einen Plan B. Jeder erfolgreiche Feldherr in der Geschichte hat im Notfall einen Plan B aus der Tasche gezaubert und gesiegt.

Halt! Eine letzte Bestandsaufnahme, bevor ich loslege.

Gibt es irgendetwas an Pauline, das mich stört? Ihre roten Haare oder Sommersprossen? Dass sie geschätzte vier Zentimeter größer ist als ich?

Dass sie im Armdrücken vermutlich gegen mich gewinnen würde?

Dreimal Nein.

Gegenfrage: Was rechtfertigt den zu erwartenden Aufwand? Niedliche Grübchen. Keine aufgebrezelte Barbie-Kopie. St.-Pauli-Fan. Außerdem solo. Was ja nicht unwichtig ist.

„Toni, kommst du bitte zum Kaffeetrinken runter? Oma und Opa sind da!" Die Verwandtschaft ruft. Der Schlachtplan muss warten. Vorerst jedenfalls.

Drei Tortenstücke (2 x Schwarzwälder Kirsch, 1 x Käsesahne), zwei Geschenke (wie immer ein Buch und ein nach dem Babuschka-Prinzip in etliche immer kleiner werdende Päckchen eingewickelter Geldschein) und eine Mensch-ärgere-dich-nicht-Runde (das einzige Spiel, das alle von Jung bis Alt gerade noch aushalten) später, kann ich den Familienklauen entkommen (dem Apfelwein und den Das-ist-nix-für-die-Ohren-des-Jungen-Themen sei Dank) und mich dem Pauline-Projekt widmen. Mein Kopf raucht, mein Bauch grummelt (zu viel Torte oder Zoom?), mein Herz klopft. Das tut es zwar immer, aber nicht mit dieser Wucht. Wumm knallt es an meinen Brustkorb, wenn ich den Namen Pauline ausspreche. Wumm, wenn ich mir Paulines lächelndes Gesicht (ohne Sahne-Nase) vorstelle. Wumm, wumm, wumm, wenn ich mir vorstelle, ihre Hand zu halten. Stopp, Toni, ermahne ich mich selbst, zunächst brauchst du Ideen, wie du sie erobern kannst.

Bis zum Schlafengehen habe ich einen vier-stufigen Plan mit Erfolgsgarantie ausgetüftelt und aufgeschrieben. Den Zettel habe ich zwischen den letzten beiden Bänden meiner Asterix-Sammlung versteckt. Nach zwei Stunden harter Arbeit sind vier knackige Zeilen übrig-geblieben. Eben Klasse statt Masse:

<u>5 Strategien von Toni Fischer zur Eroberung von Pauline Seeliger:</u>

1. Ich gebe Pauline ein gutes Gefühl, das sie auf mich überträgt.
2. Ich zeige Pauline, was für ein toller Kerl ich bin.
3. Wenn nötig spanne ich eine dritte Person für meine Zwecke ein.

4. Falls erforderlich schalte ich Konkurrenten aus (nicht erwünscht).
5. Rückschläge entmutigen mich nicht, ich stecke sie heldenhaft weg (nicht vorgesehen).

Dass dann am Ende sogar noch eine sechste Strategie auftauchen sollte, kam überraschend. Doch ich will an dieser Stelle nicht vorgreifen.

Um gar nicht erst in Versuchung zu geraten, einen Rückzieher zu machen, will ich gleich morgen loslegen. Der ereignisreiche Tag hat bei mir seine Spuren hinterlassen. Ich bin zwar aufgeregt, aber gleichzeitig hundemüde. Rasch und zufrieden schlafe ich ein.

„Bist du krank, Toni?" erkundigt sich Mama am nächsten Morgen, nachdem ich in neuer Rekordzeit gefrühstückt und mich fertiggemacht habe. „Nein, das macht das neue Lebensjahr!" Ein Königreich für ein Foto von Mamas verwirrtem Gesicht.

Heute radle ich nicht, heute fliege ich zur Schule. Beschwingt trete ich in die Pedale und jage meiner nagelneuen Traumfrau entgegen. So fühlt sich Power an, so pures Glück. An der nächsten

Kreuzung findet mein Rausch ein jähes Ende: „Sag mal, hast du etwa keine Augen im Kopf, du Blindfisch!", schnauzt mich ein wütender Autofahrer aus dem heruntergelassenen Fenster an, dem ich bei meinem entrückten Ritt soeben die Vorfahrt genommen habe. „Hier gilt rechts vor links!" Ob mein zerknirschtes „Tschuldigung!" überhaupt bei ihm ankommt?

Während ich im Fahrradkeller der Schule mein Gefährt sichere, gehe ich in Gedanken nochmals meine heutigen Vorhaben durch. Denn bevor mich die Angst vor meinem eigenen Wagemut überkommen und lähmen kann, will ich gleich durchstarten mit den drei Ks für eroberungswillige Romeos: Komplimente, Körpersprache, Kavalier sein.

Während der Gruppenarbeit in Deutsch bei Frau Sailer wittere ich meine erste Chance. Pauline, ihre Banknachbarin Merle, mein Kumpel Claas und ich sollen aus einem Liebes-Gedicht von Heinrich Heine (Hey, da kommt mir doch sofort eine Idee, unbedingt notieren, Toni!) herausarbeiten, mit welchen Komplimenten der Dichter seine Liebste bezirzt und uns anschließend noch mindestens drei eigene für Körperteile unserer

Wahl überlegen. Das Finden ist ein Klacks, das Erfinden dagegen eine Nullnummer. Vielleicht sollte mal jemand der Sailer stecken, dass Liebesgedichte für pubertierende Siebtklässler nicht unbedingt das geeignete Thema sind. Sternenäuglein, Rubinlippen und Busenschreine verschrecken selbst die aufgeklärtesten Teenager. Wir wissen alles und sind doch unbeholfen. Erst recht in gemischten Teams.

„Schreib auf: Schwarz wie Ebenholz, das ist gut", fordert in der Gruppe links von uns Sascha die zum Schreiberling gekürte Lotte auf. „Das ist nicht gut, das ist Schneewittchen, du Vollpfosten!", stellt Lotte klar. „Na und? Merkt doch keiner!" Genervtes Augenrollen und Stöhnen von Saschas Gruppenmitgliedern.

Rechts läuft es auch nicht viel besser. „Wie wär´s mit samtiger Haut oder goldenem Haar?", schlägt Jonas vor. „Du glotzt zu viel Werbung, Alter!", spottet Niklas. „Quatsch, empört sich der Gescholtene und macht einen weiteren Vorschlag: „Du hast so herrlich scharfe Kurven!" „Oh Mann!" Leonie fasst sich an den Kopf. „Du sollst ein Mädchen umwerben und keine Formel 1-Strecke vermarkten!" „Dann mach doch selbst, wenn du so viel Ahnung hast!" Erfolgreiche Gruppenarbeit sieht anders aus. „Na, wie kommt ihr voran?", flötet nun die Sailer von ihrem Pult aus in den Raum. „Habt ihr denn schon viele schöne Bilder gefunden?" Die schweigende Runde sagt alles. „Ab jetzt noch fünf Minuten!" Panik breitet sich aus, denn die Ergebnisse sollen benotet werden.

Das ist meine Chance! Ich werde unsere Gruppe retten. „Gib her, ich schreib auf!" Eifrig schiebt mir Merle ihren Block rüber. Drei erwartungsvolle Augenpaare lesen, was ich nach kurzem Überlegen zu Papier bringe:

„Dunkle, kleine Sterne tanzen in deinem Gesicht,

deine feuerroten Haare verbrennen mich,

zwei grüne Seen ziehen mich magisch an,

ob man über Grübchen stolpern kann?"

„Das ist echt gut", lobt Claas. „Das passt genau auf dich, Pauline!", bemerkt Merle. „Purer Zufall!", wehrt Pauline ab und schaut mich durchdringend an. „Natürlich!", stelle ich klar. „Totaler Zufall!" Feigling, der ich bin.

„Oh, ihr habt sogar ein komplettes Gedicht, her damit!" Ich habe die Sailer nicht kommen hören, und jetzt ist es leider zu spät. Sie liest sämtliche Ergebnisse laut vor. Zunächst die einfallslosen Sprachbilder der übrigen Gruppen. Jede Menge Kirschmünder und Schwanenhälse. Danach unseren Text. Ihr gekonnter Vortrag verstärkt noch die Wirkung. Ich fühle mich durchschaut und von wissenden Blicken durchbohrt. Der Pausengong bringt die Erlösung. Mit hochrotem Kopf will ich schnellstmöglich aus dem Klassenzimmer flüchten und stolpere dabei über Erics Ranzen. Unsanft lande ich auf dem Hosenboden direkt zu Paulines Füßen. An meiner Körpersprache muss ich wohl noch arbeiten.

Nach der Pause starte ich den nächsten Versuch. Da Pauline und ich über Eck sitzen, können wir uns anschauen – sofern wir es wollen. Also ideale Voraussetzungen für gezielte Körpersprache. Versorgt mit jeder Menge Tipps von den Flirtseiten im Internet (gestern Abend noch gegoogelt) schalte ich zuversichtlich in den zweiten Anmachgang: Augenkontakt. Lächeln. Putzbewegungen. Spiegeln.

Ich bin bereit und warte darauf, dass Pauline in meine Richtung schaut. Jetzt! Ich nehme Augenkontakt auf und zwinge mich dazu, dranzubleiben, auch wenn es mir schwer fällt und es mir unangenehm ist. Ich schaue nicht weg, sondern blicke ununterbrochen in Paulines grüne Augenseen (ich glaube, die Deutschstunde wirkt noch nach). Oh, ich glaube, jetzt hat sie es gemerkt. „Was starrst du mich so blöde an?", zischt sie mir zu. „Habe ich vielleicht was im Gesicht?" Falscher Text. Und wieder Tomate. „Ja, lustige Sommersprossen", stammle ich.

Ein mehr als erbärmlicher Versuch, mit einem Kompliment ihre Laune zu heben.

Dann eben Anlächeln. Das wirkt immer, das gibt ihr ein gutes Gefühl. Einfacher Trick mit Erfolgsgarantie. Wieder passe ich den Moment ab, in dem Pauline zufällig zu mir schaut, und knipse umgehend mein Sonntagslächeln an. Ich glaube, sie hat es bemerkt. Sie blickt rasch weg. Dann wieder her. Erneut weg. Her. Ein gutes Zeichen. Ich verstärke mein Lächeln.

„Was grinst du so behämmert?", faucht Pauline verärgert. „Lachst du mich etwa aus?"

Sofortiges Ausknipsen aufgrund eindeutiger Kommunikationsstörungen. Übertragungsfehler. Sender hat Nachricht empfangen, aber nicht entschlüsseln können. Off.

Ich gebe nicht auf. Als Nächstes werde ich es mit Putzbewegungen versuchen. Wann immer Paulines Blick zu unserer Bank schweift, streich ich mir durchs Haar. Sie schaut. Ich kämme. Schauen. Kämmen. Ich kann es förmlich spüren, dass meine Bemühungen gleich belohnt werden. „Sag mal, kann es sein, dass du Läuse hast?", erkundigt sich Claas. „Oder brauchst du einfach nur einen Kamm?" Von wegen Belohnung.

Putzbewegungen zweiter Versuch: Ich zupfe angebliche Flusen von meinem Pulli und ziehe meine Hose gerade. Zupfen. Ziehen. Zupfen. Ziehen. Gar nicht so einfach. „Do you have any problems with your clothes, Toni?", fragt Herr Schmitt, unser Englisch-Lehrer, mit belustigter Stimme. Wenigstens einer hat es gemerkt. Allgemeines Gelächter setzt mich vorerst außer Gefecht.

Am nächsten Morgen habe ich das Glück, gleichzeitig mit Pauline im Fahrradkeller anzukommen. Die Gelegenheit, mit einem Kompliment der Traumfrau den Tagesbeginn zu versüßen. Kein Problem bei ihrem flippigen Styling: Coole Boots, bunte Leggings, Jeansjacke, Cap. Echt lässig. Wie zufällig parke ich meinen Drahtesel neben ihrem. Ein kurzes „Morgen" in ihre Richtung zum Aufwärmen. Sie schaut auf und nickt. War das nicht sogar ein kleines Lächeln an ihren Mundwinkeln? Ich hole tief Luft und lege ein „Deine Haare leuchten heute besonders schön!" hinterher. „Ach ja? Meinst du etwa diese?" Sie nimmt ihr Cap ab, sodass ihre darunter versteckten Locken überhaupt erst zu sehen sind, und verstaut es im Rucksack.

„Kannst du dir vorstellen, dass ich in meinem Leben schon genug doofe Sprüche zu meinen roten Haaren gehört habe?" Oh je, jetzt muss ich geschickt die Kurve kriegen. „Ich wollte doch nur sagen, dass du kein bisschen Ähnlichkeit mit Pippi Langstrumpf hast!" Genervtes Augenrollen statt Strahle-Blick. „Ich habe ja auch keine Zöpfe!", brummt Pauline. „Aber so klobige Schuhe wie sie!" Sie blickt auf ihre Füße, stutzt für einen Moment und lacht. „Stimmt!" Glück gehabt, das hätte auch in die Hose gehen können. Seit wann bist du so schlagfertig, Toni Fischer?

Den Weg zum Klassenzimmer legen wir gemeinsam zurück. Krampfhaft krame ich in meinem Oberstübchen nach dem nächsten coolen Spruch, werde aber leider nicht fündig. Dafür in Paulines Nähe immer nervöser. Ich versuche mich zu beruhigen, indem ich meinen Fahrradschlüssel zwischen meinen Händen hin und herwandern lasse. Als wir die Treppe zum dritten Stock fast geschafft hatten, klopft mir mein Freund Claas von hinten auf den Rücken, sodass ich vor Schreck den Schlüssel fallen lasse, der kling, kling, kling das gesamte Treppenhaus hinuntertanzt. „Sorry, Kumpel!", entschuldigt sich der unfreiwillige Übeltäter. „Ich helfe dir beim Suchen." Die Zweisamkeit der zweitbesten Art.

Putzbewegungen dritter Versuch: Am Ende der Pause sammelt sich unsere Klasse vor dem Filmsaal, da die Petersen uns eine Dokumentation über den Klimawandel zeigen will. Wir stehen in Grüppchen zusammen und warten. Langsam schiebe ich mich in Richtung Paulines Grüppchen mit Merle, Timo und Jasmin. Ich platziere mich ihr gegenüber, weil ich ihre Bewegungen spiegeln will. Die Tatsache, dass sich diese Flirttaktik nur im Vier-Augen-Gespräch empfiehlt, habe ich in diesem Moment leider ausgeblendet. Pauline lächelt. Ich lächle. Sie wechselt vom rechten auf das linke Bein, ich ebenso. Was für ein Kinderspiel. Sie streicht sich die Locken hinter die Ohren, ich auch. Ups, meine Haare sind viel zu kurz für diese Geste. Sie blickt unauffällig auf die Uhr, ich ebenso. Rasch ziehe ich den Pulliärmel über das Handgelenk, als ich feststelle, dass ich gar keine Armbanduhr trage. Sie blickt mich an. Hat sie was bemerkt?

Will ich überhaupt, dass sie etwas bemerkt hat? Ich lächle sie an, sie lächelt nicht zurück. Muss ich mir jetzt Sorgen machen, weil sie mich ihrerseits nicht spiegelt? Ach was, ich habe mal irgendwo gelesen, dass Mädchen ihre wahren Gefühle nicht zeigen und erobert werden wollen. Kann sie gerne haben. Toni der Eroberer spiegelt weiter wie ein Weltmeister. Pauline macht die Knöpfe ihrer Jacke zu, ich schließe meinen Reißverschluss. Ist ja fast dasselbe. Sie putzt sich die Nase, ich fische einen Tempoklumpen aus der Hosentasche, ziehe ihn mühsam auseinander und schnäuze hinein. Ein angewiderter Blick von Pauline ist mein Lohn.

Nicht aus der Ruhe bringen lassen, Toni, dranbleiben. Pauline blickt mich nachdenklich an. Sie reibt sich die Nase, steckt die Hände in die Jackentasche, niest. Mit mir als Echo. Erneuter prüfender Blick von ihr. Anschließend geht sie in die Hocke und bindet sich den rechten Schuh. Ich auch und werde vom Klettverschluss meiner Sneakers angegrinst. Als ich mich mit heißer Birne wieder aufrichte, empfängt mich meine Herzdame mit blitzenden Augen: „Willst du mich verarschen oder was?" Ich glaube, Körpersprache wird immer eine Fremdsprache für mich bleiben.

Fahrradkeller, zweite Klappe. Claas und ich fummeln an unseren Schlössern und Gepäckträgern herum, als Tina, Lotte und Pauline um die Ecke biegen. Während Tina und Lotte nach rechts abbiegen, geht Pauline zu ihrem Fahrrad neben uns. „Tina sieht heute wieder rattenscharf aus!", kommentiert Claas Tinas Outfit.

Man kann ihm nicht widersprechen: Lange Beine in neonpinken Strumpfhosen, darüber knackige

Jeans-Hotpants mit einer weißen Bluse, die den schwarzen BH darunter erst richtig betont. Die langen, blonden Haare lässig hochgesteckt. Klimpernder Modeschmuck. Geschminkt, ohne angemalt auszusehen. Durchaus ein schöner Anblick. „Findest du nicht auch, Toni? Heiße Braut." Claas übt sich derzeit in lässigen Sprüchen. Aus Filmen und Serien abgekupfert. Wirkt in meinen Augen etwas aufgesetzt. Doch als Freund halte ich die Klappe. In diesem Fall darf man als Freund die Wahrheit verschweigen. Vielleicht finden die anderen Claas' Cool-Sprech ja wirklich toll?

„Nicht mein Typ", brumme ich zur Antwort, schließlich hört Pauline mit. „Das sagst du nur, weil du bei Tina niemals landen kannst!" Claas knufft mich in die Seite. „Denn du musst dich mit B-Ware begnügen!" Er lacht. „Ey, Mann, das war ein Scherz! Verstehst du plötzlich keinen Spaß mehr?"

Mit einem Autovergleich starte ich einen Rettungsversuch: „Luxuslimousinen sind mir zu oberflächlich. Ich stehe eher auf zuverlässige Fahrzeuge. Golf statt Porsche."

Die angebliche B-Ware blickt mich irgendwie traurig an und radelt davon. Hätte ich lieber Audi anstelle von Golf nehmen sollen?

3) Probier´s mal mit Entertainment!

Heute wende ich eine neue Taktik an. Pauline soll durch mich gute Laune bekommen, aber auf die weniger plumpe Art. Sie soll sich nicht persönlich angesprochen fühlen, sondern einfach nur gut fühlen. Weil ich sie zum Lachen bringen werde. Wer zusammen lacht, geht eine Verbindung ein, habe ich nachgeforscht. Von einer Verbindung zu einer Beziehung ist es dann nur noch ein Katzensprung. Allerdings hat mein Plan einen klitzekleinen Haken: In meinem bisherigen Leben habe ich mich nicht gerade als Stimmungskanone hervorgetan. Die Aktion wird richtig harte Arbeit für mich. Doch mit dem rotgelockten Ziel vor Augen werde ich über meinen eigenen Schatten springen und vor Witz sprühen. Die Vorarbeit ist geleistet: Witzeseiten durchwühlt und die besten auswendig gelernt. Jetzt heißt es abwarten auf den passenden Moment.

Beim Völkerballturnier im Sportunterricht ist es soweit. Während die beiden anderen Teams ihr Spiel austragen, haben wir Pause. Idealerweise sind Pauline und ich in die gleiche Mannschaft gewählt worden. Sie als Erste nach den Jungs, ich als Letzter überhaupt. Wie immer vertreiben wir uns die Wartezeit mit Witzen, Jacob ist da unser Spezialist. „Kennt ihr schon den? Kommt ein Mann in die Autowerkstatt, um den Zustand seines Wagens bewerten zu lassen. Der Mechaniker schaut sich die Karre an und meint: Wenn Ihr Auto ein Pferd wäre, müssten wir es erschießen!" Lennart und Niklas prusten los. „Das ist nicht lustig!", empört sich Annika, die jede freie Minute mit ihrem Pferd verbringt und regelmäßig bei Turnieren mitreitet.

„Ich weiß auch einen", melde ich mich vorsichtig zu Wort. Ich blicke in ebenso erstaunte wie erwartungsvolle Gesichter. Jetzt heißt es Farbe bekennen.

„Der Chef bittet seine blonde Sekretärin nachzuschauen, was im Terminkalender steht. Die Blondine liest eifrig vor: Montag, Dienstag, Mittwoch …" – „Saukomisch!" Tina schnaubt. „Ich lach' mich gleich tot! Nimm das!" Leonie zeigt mir den Stinkefinger. Sie ist ebenfalls blond. Dumm gelaufen. Da wähle ich einen Blondinen-witz, um meinen Feuerschopf aufzumuntern, und vergesse dabei, die übrigen weiblichen Zuhörer zu scannen.

"Ich weiß noch einen guten. Absolut frauen-freundlich!", verspreche ich zur Wieder-gutmachung. „Welches ist das einzige Lebewe-sen, vor dem der Löwe Angst hat? will die Lehrerin wissen. Antwortet Fritzchen: Die Löwin!" – „Hä? Kapier ich nicht!", gibt Lennart zu, während sich die drei Mädchen ein gequältes Lächeln abringen. Mein fröhliches „Ich kenne noch einen …" wird mit einem raschen „Bloß nicht, Toni!" abgebügelt, womit meine Karriere als Unterhaltungskünstler schon wieder beendet ist, ehe sie überhaupt richtig begonnen hat. In diesem Augenblick ahne ich noch nicht, dass ich zu einem späteren Zeitpunkt an diesem Schulvormittag jede Menge Lacher auf meiner Seite haben sollte. Allerdings unfreiwillig.

Die letzte Viertelstunde in Sport muss unser Team aufs Feld. Während ich in Leichtathletik oder Schwimmen meine Unsportlichkeit noch einigermaßen unauffällig in langsamen Zeiten verstecken kann, sind Bälle jeglicher Art meine ausgewiesenen Feinde. Ob nun mein Fuß, meine Hand oder auch nur die Fingerspitzen gefragt sind, völlig egal, ich fühle mich von jedem runden Flugobjekt verfolgt, um nicht zu sagen angegriffen. Hilfsmittel wie Schläger dienen mir eher der Verteidigung als dem gekonnten Einsatz.

Beim Völkerballspiel ducke ich mich lieber weg, als den Ball zu fangen. Zu dumm nur, dass Leonie es genauso macht, sodass der satte Schuss, den Timo auf sie abfeuert in meiner Magengrube einschlägt und ich zur allgemeinen Belustigung k.o. zu Boden gehe. Lautes Gelächter allüberall. Wer den Schaden hat, braucht für den Spott nicht sorgen, blabla, wirklich komisch. Als ich nach einer Schrecksekunde meine Augen wieder öffne, blicke ich leider nicht in die verehrten grünen Seen, sondern in das unrasierte Gesicht von Sport-Möller. „Du kannst dich schon umziehen gehen, Toni", entlässt er mich vorzeitig in die Kabine, nachdem er sich vergewissert hat, dass ich mir bei der aufsehenerregenden Aktion keinen ernsthaften Schaden zugezogen habe. Ich nicke dankbar und torkle Richtung Umkleidetür, in meinem Tran merke ich nicht, dass ich die falsche erwische.

„Doch nicht zu den Weibern, Fischer!", grölt Eric, der Sportstar und Muskelprotz der Klasse. „Hättest du wohl gerne, was?" Gejohle,

Gekicher, Gelächter. Da sag noch mal einer, dass ich nicht die Leute zum Lachen bringen kann.

Nach Sport haben wir bis zur Pause noch eine Stunde Mathe. Da ich heute Morgen vor dem Frühstück meinem Computer zu lange gute Flirt-Ratschläge und Witze zu entlocken versucht habe, habe ich selbiges aus Zeitmangel ausfallen lassen müssen und gehe nun energietechnisch auf dem Zahnfleisch.

Ich brauche dringendst etwas zwischen die Zähne, knurrt mein Magen leise. Ich bohre meine Hand in den Ruhestörer, weil ich weiß, dass das leise Grummeln eben nur der Auftakt für ein löwenartiges Brüllen gewesen ist. Mist, jetzt lässt uns der Baumann auch noch Stillarbeit machen, sodass ich gar keine Chance mehr habe, das peinliche Körpergeräusch hinter anderen Geräuschen zu verstecken. Ich kann regelrecht spüren, wie sich in meiner Magengrube ein fettes Grollen aufbaut und zur dröhnenden Entfaltung drängt. Hilfe, da kommt es schon angerollt: Roooaaaar! Ich schaue krampfhaft auf mein Heft, als ob ich auf diese Weise vertuschen kann, dass ich der Urheber dieses beeindruckenden Knurrens gewesen bin.

Erstes Kichern schräg gegenüber. Pauline. Das Kichern geht in Prusten über und endet in einem lauten Lachen, das sich in meinen Ohren wie Musik anhört. „Na, Toni, heute wohl noch nichts gegessen?", kommentiert Hellseher Baumann die Szene. Wie zur Bestätigung röhrt meine Mitte erneut los. Der Pausengong erlaubt mir, endlich in mein ersehntes Brot zu beißen.

Am nächsten Vormittag gebe ich wieder den Unterhaltungskünstler für meine Klasse. Da aus welchen Gründen auch immer heute mein Wecker versagt und Mama mich nicht geweckt hat, weil sie gedacht hat, dass entweder mein Vater mich aus den Federn jagen würde oder eben Jo sich die Gelegenheit nicht entgehen lassen würde, mir einen eiskalten Waschlappen ins Gesicht zu klatschen, fällt erst der ver-sammelten Runde am Frühstückstisch auf, dass ich noch gar nicht aufgestanden bin. Schnellstmöglich in die Klamotten, Schulkrempel in die Tasche und ab aufs Fahrrad zur Schule.

Gleich in der ersten Stunde soll ich in Geographie eine kleine PowerPoint-Präsentation zum Thema „Wirtschaftsraum Nordeuropa" halten. Ich laufe möglichst selbstbewusst zu Geo-

Reinke und bereite mit seiner Unterstützung den Beamer vor. Ein letztes Räuspern, dann lege ich los. Doch ich komme nicht sehr weit. Eigentlich habe ich noch kein einziges Wort gesagt, nehme aber bereits eindeutige Reaktionen im Publikum wahr.

Tuscheln, Wispern, Unruhe auf den Stühlen. Ein Sssst hier, ein Grrrch dort. Was ist da nur los? Ich hebe den Blick und sehe in 25 feixende Gesichter. 25 belustigte Augenpaare, die vor mir auf den Boden starren. Nicht auf den Boden, wie ich entsetzt feststellen muss, als ich ihrer Blickrichtung folge, sondern genau genommen auf meine Füße. Die noch in Hausschuhen stecken. Homer Simpson in Plüsch. Noch beschämender geht´s nicht.

Doch. Am rechten Fuß trage ich einen der weißblau geringelten Geburtstagssocken von Mama, am linken einen schwarzen mit neongrünem Dino. Der absolute Peinlichkeits-Gipfel. Der Saal tobt vor Begeisterung. Ich lächle etwas verkrampft und deute eine Verbeugung an, um die Situation mit Humor zu nehmen.

„Na, dann hoffen wir mal, dass dein Vortrag ebenso unterhaltsam wird!", kommentiert Reinke mein Missgeschick und übergibt mir das Wort. Ich lege los mit meiner Präsentation, die ich zu Hause so oft geübt habe, dass sie sogar Mama darbieten könnte. In der Aufregung klicke ich nach der ersten Folie mit der Übersicht gleich auf die vorletzte, sodass meine Klasse liest: „Ich hoffe, euch hat mein Referat gefallen."

Als das Gejohle einsetzt, suche ich nach dem Loch, in das ich mich auf der Stelle verkriechen könnte. Jetzt verbindet nicht nur Pauline angenehme Gefühle mit mir, sondern der ganze Haufen. Ein voller Erfolg.

Oder will jetzt noch irgendjemand abstreiten, dass ich mich zum Entertainer eigne?

4) Lass Blumen sprechen!

Aus Schaden wird man klug, heißt es.

Stimmt.

Also war die Peinlichkeitsshow nicht umsonst. Denn ich habe aus meinen unfreiwilligen Lachnummern die Erkenntnis gewonnen, dass ich die gute Stimmung nicht ganz allgemein in Paulines näherer Umgebung schaffen darf, sondern ausschließlich bei ihr allein.

Was bedeutet, dass meine Positiv-Pfeile punktgenau bei ihr landen müssen. Und nicht knapp daneben. Einzig Pauline soll strahlen. Statt wild verstreutem Spaßkonfetti: Ins Schwarze versenkte Glückspfeile.

Ein Kinderspiel für mich. Wo doch Einfallsreichtum, Organisationstalent und Ausdauer meine Persönlichkeit ausmachen. Auch wenn meine Kunstlehrerin Frau Menzelstein, Mama und mein irischer Brieffreund Colin das möglicherweise etwas anders beurteilen würden.

Wie gut, dass gerade Februar ist, das kommt meinen Plänen sehr entgegen. Ehe ich am Valentinstag und Paulines Geburtstag (sie hat am

18.2., genau zehn Tage nach mir, das muss ein gutes Vorzeichen sein!) die beiden Gelegenheiten für meine Eroberungstour nutzen möchte, habe ich vor, Pauline bereits vorab günstig auf ihren unbekannten Verehrer einzustimmen, indem ich sie am Sonntagmorgen zu Hause mit schönen Blumen überrasche.

Natürlich kann ich nicht einfach an ihrer Tür klingeln und die Flower-Power überreichen. Das könnte peinlich werden und von Peinlichkeiten habe ich derzeit eigentlich genug. Nein, ich werde das mit einem Trick lösen.

Zunächst brauche ich aber mal Blumen. Ideal wäre kostenlos, da meine überschaubaren Geldmittel in nächster Zeit ohnehin sehr strapaziert werden. Siehe Termine oben. Die kostspielige Bestellung für den Valentinstag in der Schule hat die Menge meiner Moneten beträchtlich vermindert. Und am Geburtstag muss auch noch ein Wow-Effekt her. Doch woher nehmen und nicht stehlen? Ein fröhlicher Wiesenblumenstrauß ist im Februar nun mal nicht drin und Mamas Ziergarten gibt derzeit auch nicht eben viel her: Schneeglöckchen und zwei mutige Krokusse. Also doch Geld lockermachen. Seufz. Nein, Papas Wertkarte einsetzen. Die gilt auch für die beiden Blumenläden im Einkaufszentrum. Ob fünf Euro reichen?

„Für fünf Euro kannst du so was bekommen", meint die erste Blumenhändlerin und zeigt auf ein winziges Sträußchen mit gerade mal drei Blumen, das sicher wunderbar in eine Kleinkindhand am Muttertag passen würde. Ich habe mir eher vorgestellt, dass Paulines süßes Näschen sich begeistert in einen beeindruckend großen Strauß versenken würde. Seifenblase geplatzt.

„Für Mama oder ein nettes Mädchen?", will die Floristin jetzt wissen. „Für Mama", lüge ich und gebe die Tomate. „Also für ein Mädchen!", stellt sie fest. „Wie wäre es mit einer einzelnen Rose?" – „Die möchte ich ihr zum Valentinstag schenken." – „Richtig billig sind Primeln. Mit kleinem Übertopf kommst du mit fünf Euro locker hin." – „Gut. Dann nehme ich die." – „Tut mir leid, ich habe hier nur Schnittblumen, da musst du zum Gartencenter fahren."

Prima. Der befindet sich zwei Ortschaften weiter. 15 km einfach. Ohne Busanbindung.

Durchgeschwitzt stehe ich im Gartencenter in einem bunten Meer aus Primel-Töpfchen. Welche Farbe? Rot? Vielleicht zu verräterisch. Rosa? Was für kleine Mädchen. Weiß? Was für Beerdigungen. Lila? Was für ältere Damen. Bleibt Gelb. Wirkt fröhlich. Und mit gelbem Übertopf geschmackvoll.

„Deine Mutter ist in diesem Jahr aber früh dran!", ertönt es da in meinem Rücken. Frau Gerber, unsere Nachbarin zur Rechten. Ungekrönte Vorgartenkönigin der Mozartstraße. „Wo ist sie überhaupt?" Suchend blickt sie sich um. „Ich bin alleine hier", entgegne ich und begebe mich auf die Flucht Richtung Keramik. Leider bleibt die Verfolgerin an mir dran. „Etwa mit dem Fahrrad?!? Bei DER Kälte! Das kannst du doch gar nicht alles transportieren!"

Anscheinend geht sie von ihren eigenen Kaufgewohnheiten aus, denn sie knallt ihren Kofferraum mit Gartenkram stets randvoll. Der Vorwurf der herzlosen Mutter steht ihr dick ins Gesicht geschrieben. Keine Frage, bei passender Gelegenheit, wird die vermeintliche Übeltäterin das zu hören bekommen. Also zur Verteidigung übergehen.

„Meine Mutter weiß gar nicht, dass ich hier bin!", erkläre ich. „Die Primeln sind ein Geschenk." Ist nicht mal gelogen. „Welche Farbe würden Sie denn für den Übertopf nehmen, Frau Gerber?"

Ablenkung und Bauchpinselei. Wirkt sofort. „Lila. Das sieht sooo was von elegant aus." Ich lächle möglichst freundlich. „Danke! Sie haben wirklich einen besonderen Geschmack!"

Frau Gerber rauscht strahlend davon. Gerade, als ich den scheußlichen lila Übertopf gegen einen gelben austausche, dreht sie sich nochmals um. „Aber Nicole hat doch erst im Juli Geburtstag?"

Ein Hoch auf die Erfindung des Rucksacks! Dank ihm lassen sich heimlich Gegenstände geschützt vor neugierigen Familienmitgliedern hin- und hertransportieren. Über Nacht verstecke ich die Primel unter meinem Bett und schlafe schlecht ein, weil das Teil stark duftet. Liebe und Leid gehen leider Hand in Hand.

Als ich am nächsten Morgen die Augen aufschlage, ist es 9:00 Uhr. Mist! Ich habe vergessen, den Wecker zu stellen, um mein Geschenk in aller Herrgottsfrühe unbeobachtet platzieren zu können.

Sonntags schlafen die Leute immer lange. Niemand würde mich sehen und Pauline mich nicht erwischen können. Fenster auf, anziehen und los. Frühstück muss warten. „Was hast du denn in deinem Rucksack drin?", erkundigt sich Mama, als ich gerade das Haus verlassen will. „Und wo willst du überhaupt hin?" – „Schulsachen. Zu Claas." Minimalinfo. Mama scheint zufrieden und geht in mein Zimmer, um den klappernden Fensterflügel wieder zu schließen. „Komisch, irgendwie riecht es hier nach Blumen", höre ich sie murmeln.

Jetzt aber nichts wie raus und bei Claas vorbei, um ihn auf Rückendeckung zu programmieren! Verschlafen steckt er seinen Kopf zum Fenster heraus (der gute alte Steinchentrick) und nimmt meine Anweisungen entgegen. Er nickt zwar, aber verstanden hat er bei diesem Müdigkeitsgrad sicher nicht viel. Und jetzt zu den Seeligers.

Dass Paulines Familie in der Nähe einer Kirche wohnt, habe ich bei meinen Planungen nicht auf dem Radar gehabt. Volle 20 Minuten lungere ich in Sichtweite hinter einem dicken Baum herum, eher der letzte Besucher der Sonntagsmesse verschwunden ist. 20 Minuten können sehr lange sein, wenn man vom Druck einer Notlüge und einer vollen Blase gepiesackt wird. Wie der Blitz sause ich zur Haustür der Seeligers und stelle die Primel mit dem Kärtchen „Lass in dein Herz die Sonne rein und mich einer dieser Strahlen sein!" ab. Klingelknopf drücken und schleunigst die Fliege machen. Schnellstmöglich düse ich um die Ecke außer Sichtweite. Geschafft! Jetzt heißt es Abwarten und Frühstücken.

Am Montagmorgen schaue ich alle drei Sekunden zur Klassenzimmertür, um zu überprüfen, ob Pauline endlich kommt und was für ein Gesicht sie macht. Schon eine Minute vor Acht und immer noch keine Pauline da. Was ist da nur los? Heute werden doch die Valentinsrosen samt Grußkarten verteilt! Alle sind aufgeregt, wer wie viele Karten mit welchen Sprüchen bekommt. Kein Teenager dieser Welt lässt sich diese Aktion entgehen, es sei denn, er hat auf dem Schulweg einen Unfall oder liegt mit 40 Fieber im Bett. Aber auch nur dann.

Mit dem Gongschlag huscht Pauline zusammen mit ihrer Freundin Merle ins Klassenzimmer zu ihrem Platz und starrt nach unten auf die Tischplatte vor ihr. Ausrufe des Erstaunens bei den Jungs und des Entsetzens bei den Mädchen. Fragende Blicke Richtung Pauline, die mit geröteten Augen und geschwollenem Gesicht dasitzt.

„Irgendein Idiot hat Pauline eine Primel geschickt, wo sie doch eine Allergie hat!", erklärt Merle. Der Idiot schweigt und verdammt seine glorreiche Aktion. Vielleicht sticht ja sein Trumpf am heutigen Tag?

Mitte der vierten Stunde klopft endlich die SV (nein, nicht Sportverein, sondern Schülervertretung) an der Tür. Mit einem beeindruckend gefüllten Eimer Rosen und den entsprechenden Karten. „Die 7b scheint mir ja besonders verliebt zu sein!", gibt Herr Drews, unser Geschichtslehrer, seinen Senf zu der Rosenfülle.

Beim Austeilen der Valentinsrosen folgt das gleiche Theater wie in jedem Jahr in jeder Klasse: Quiekende Mädchen, wenn ihr Name aufgerufen wird, ungläubiges Staunen, wenn sie mehr als fünf bekommen, neidische Blicke auf die Mädchen, die mehr als sie selbst erhalten. Dazu verstohlene Blicke der Besteller in Richtung der Beschenkten, um die jeweilige Reaktion zu checken.

Ich habe für Pauline gleich zehn Rosen bestellt, was mich zwei Euro Schweigegeld bei Enno aus der 9c gekostet hat, der in den Pausen der letzten Woche die Bestellungen der Unterstufe notiert und kassiert hat.

Heute soll nicht Tina, sondern Pauline die meisten Rosen der Klasse bekommen. Dass ich selbst wieder leer ausgehen würde, ist mir ebenso klar wie egal. Um nicht zu verraten, dass allein zehn Rosen für Pauline von mir stammen, habe ich jede Grußkarte mit einem anderen Stift geschrieben und auch verschiedene Umschlag- und Papierfarben verwendet. Außerdem habe ich mal größer geschrieben, mal kleiner, mal ge- schnörkelt, mal unleserlich, mal nach rechts geneigt, mal nach links, mal eng, mal weit.

Als Spruch habe ich einen Valentinsklassiker gewählt:

In meinem Herzen bist du drin,

ich denk' an dich an Valentin,

Valentin ist ein toller Tag,

an dem ich dir sag',

wie sehr ich dich mag!

Mit jeder Rose, die Pauline bekommt, wird ihr Lächeln größer und Tinas Blick giftiger. Am Ende haben beide 12.

Paulines elfte Rose muss von Merle sein, die Mädchen schenken sich immer untereinander auch welche, damit keine leer ausgehen muss. Aber von wem stammt Nummer 12? Habe ich etwa einen Konkurrenten?

Egal, Pauline strahlt und sieht sehr glücklich aus. Sie schnuppert an jeder einzelnen Rose, danach liest sie die beigefügten Karten. Ihr Lächeln wird dabei immer schwächer. Bei der letzten ist es weg. „Was ist denn los?", fragt Merle, die den Stimmungswandel ihrer besten Freundin natürlich mitbekommen hat. „Die haben alle den gleichen Spruch drauf", antwortet Pauline. „An Geburtstagen wird doch auch immer das gleiche Lied gesungen!", entgegne ich rasch und lobe mich im Stillen für meine Schlagfertigkeit. Vielleicht lässt sich die kritische Situation noch retten?

Aber Pauline schüttelt den Kopf. „Die Rosen sind auf jeden Fall alle von ein- und demselben Typen. Der Knallkopf hat immer den gleichen Rechtschreibfehler gemacht. Drinn mit zwei N", erklärt Pauline mit verächtlicher und enttäuschter Stimme. Ich glaube, es ist jetzt nicht der richtige Zeitpunkt, auf den Zusammenhang zwischen den Wörtern drin und drinnen hinzuweisen.

Von wegen *Lass Blumen sprechen*! Meine nächste Chance, Paulines Geburtstag in vier Tagen, würde ich mir jedenfalls nicht versauen!

Heute wird Pauline 13. Heute geht nichts schief, denn ich arbeite mit doppeltem Boden. Falls ein Geschenk nicht klappt, passt, gefällt oder was auch immer, habe ich gleich 4 (!) Geburtstagsüberraschungen für sie vorbereitet. Am Gepäckträger ist eine rote Seidenrose befestigt, die besagt, dass ich die Sprache der Blumen sehr wohl beherrsche (Rose=Liebe), durchaus lernfähig bin (Rote Karte für mögliche Allergieauslöser) und eine eindeutige Botschaft ebenso eindeutig rüberbringen kann (Du bist die Einzige für mich).

Unter Paulines Regenschutz im Fahrradkörbchen habe ich eine Tüte mit 13 Marzipanherzchen versteckt (Dass sie Marzipan mag, habe ich mitbekommen, als sie sich bei den Schokolade-Minis, die uns vorgestern die Latein-Referendarin Frau Schneider als Dank für die gelungene Lehrprobe geschenkt hat, das Marzipan-Mini ausgesucht hat) und am Lenker prangt ein gelber Happy-Birthday-Magnet. Gelb ist gar nicht so leicht aufzutreiben gewesen, aber musste unbedingt sein, denn schließlich ist Gelb Paulines Lieblingsfarbe. Warum sonst sollte sie sonst jeden zweiten Tag gelbe Klamotten tragen?

Und zu guter Letzt würde sie heute in ihrer Sporttasche, die alle während der Woche in den dafür vorgesehenen Regalen bleiben, noch ein kleines Päckchen mit zwei Kleinigkeiten und einer selbst gemalten Karte finden.

Das Päckchen habe ich bereits gestern nach Schulschluss in Paulines Tasche gesteckt, als ich extra so lange im Klassenzimmer herumgetrödelt habe, bis ich der Letzte gewesen bin. Die beiden Trantüten Niklas und Jacob, die unmittelbar vor mir gegangen sind, würden sich heute sicher nicht mehr daran erinnern. Die Geschenke im Fahrradkeller sind deutlich schwieriger anzubringen gewesen. Dabei ist es weniger um das Timing mit Pauline selbst gegangen. Dass sie als Geburtstagskind heute sicher früher als sonst in die Schule kommen würde, war klar. Nein, die anderen Schüler sind das Problem gewesen, vor allem diejenigen aus unserer Klasse. Zwischen Klaras Verschwinden Richtung Ausgang und Lennarts Ankunft habe ich es in wenigen Sekunden gerade so geschafft.

Und jetzt warte ich gespannt auf Paulines Reaktionen. Pauline nimmt gerade die Glückwünsche der anderen Mädchen in der Klasse entgegen, als Timo kauend den Raum betritt, eine Tüte Marzipanherzen in der Hand.

„Wo gibt es um diese Tageszeit Marzipan?", staunt Moritz. „Im Fahrradkeller", entgegnet Timo und futtert ungerührt weiter. Ich beiße mir auf die Zunge, um mich nicht durch eine empörte Bemerkung zu verraten. „Schau mal, Pauline, was ich an deinem Fahrrad gefunden habe!", trällert Jasmin jetzt fröhlich und deutet eine Verbeugung vor Pauline an, ehe sie ihr meine Seidenrose überreicht. „Wenn die mal nicht von einem heimlichen Verehrer kommt!"

Pauline lächelt verlegen und steckt die Rose rasch in ihren Ranzen. Wie soll ich das jetzt interpretieren? In der Sportumkleide bin ich dann ganz hibbelig, weil ich nicht mitbekommen kann, wie Pauline ihr Geschenk findet und auspackt.

„Die Karte ist doch süß!", meint Merle, als die Mädchen die Turnhalle betreten. Besagte Karte enthält die Überschrift *Wenn ich dich sehe* und die drei Zeilen Herz (Bild einer Kurve mit starken Ausschlägen nach oben und unten), Bauch (Schmetterlinge) und Kopf (buntes Wollknäuel). – „Die Karte ist voll peinlich!", behauptet dagegen Tina. „Und außerdem nachgemacht, das habe ich schon mal auf einem Kissen in einem Geschenkeladen gesehen, das ist voll abgekupfert, null kreativ!"

Stimmt leider alles.

„Aber die Geschenke sind witzig!", lobt Emily meine Bemühungen. Meine Recherche in einschlägigen Mädchen-Magazinen hat ergeben, dass die idealen Geschenke für Girls in Paulines Alter lustig sind oder aus der Beauty-Sparte kommen. Ausgenommen sind dabei Gutscheine für verschiedene Kosmetik-Anwendungen, das könnte die Beschenkte möglicherweise in den falschen Hals bekommen. Ich habe das Ganze noch getoppt und Beides kombiniert. Witzig und Beauty. Ein Nagellack-Pusteäffchen. Was das ist und dass es so etwas überhaupt gibt, habe ich zuvor auch nicht gewusst.

Das hipste U14-Beautygerät derzeit. Behaupten jedenfalls die Kenner der eben erblühenden Damenwelt. Ein batteriebetriebenes Plastik-äffchen, das auf Knopfdruck einen Luftzug erzeugt und den davor gehaltenen, frisch lackierten Fingernagel schneller trocknen lässt.

„Was will ich mit so einem Gerät, wo ich mir doch nie die Nägel lackiere?", fragt Pauline sichtlich genervt. Ups, das habe ich übersehen! –

„Vielleicht endlich damit anfangen?", schlägt Annika vor. Danke, Annika, du bist ein Schatz!

„Jungs stehen auf gepflegte Mädchen!" – „Danke für das Kompliment!", entgegnet Pauline sichtlich verärgert. Annika, du bist eine hohle Nuss!

Und das zweite Geschenk? Es zeigt eindeutig, dass ich mein Mädchen kenne. Pauline holt tief Luft. „Und einen Schlüsselanhänger mit meinem Sternzeichen steht auf meiner Wunschliste ganz oben!" Irgendwie passt der Tonfall nicht zum Text. „Das ist vielleicht was für Leute, die an den Horoskope-Mist glauben, aber sicher nichts für mich!" Volltreffer daneben.

Auf dem Weg von der Turnhalle zurück zum Klassenzimmer, läuft plötzlich Pauline neben mir und spricht mich an. „Du, Toni, du hattest doch auch erst vor kurzem Geburtstag, stimmt´s?" Nur ein Nicken, da meine Herzkurve im Moment mit der auf der Karte übereinstimmt. „Dann bist du doch Wassermann als Sternzeichen, oder?" Wieder Nicken. „Hier, kannst du haben, schenke ich dir." Pauline drückt mir mein Geschenk in die Hand. „Vielleicht kannst du ja etwas damit anfangen."

Ja. Von vorne.

Bleibt nur noch der Magnet. Meine letzte Hoffnung heute. Rose: Keine Reaktion. Marzipan: Fremdgefuttert. Geschenke: Nieten. Also der Magnet. In Paulines Lieblingsfarbe Gelb. Ich tue wahnsinnig beschäftigt an meinem Fahrrad, das in Sicht- und vor allem Hörweite von Paulines steht. Da kommt sie auch schon um die Ecke. Wie immer mit Merle im Schlepptau. „Was ist denn das?", wundert sich Merle und hebt etwas Kleines vom Boden auf. „Ich glaube, der ist für dich!" Sie gibt Pauline meinen Magneten. Der muss bei Timos Marzipan-Klau erst ein Stück heruntergerutscht und später dann ganz heruntergefallen sein.

„Schön", kommentiert Pauline den magnetischen Glückwunsch. Ich frohlocke. Treffer! „Aber ausgerechnet Gelb!" – Hä? – „Ich hasse Gelb, immer soll ich Gelb nehmen, weil das so toll zu meinen Haaren passt! Scheißfarbe!"

Doch kein Treffer.

„Aber voll lieb gemeint!", tröstet Merle ihre Freundin. Danke, Merle, du hast etwas bei mir gut! „Du hast einen Verehrer, freu dich doch!" Merle knufft Pauline in die Seite. Plötzlich hält sie inne und grinst. „Ich habe da auch schon einen Verdacht!" – „Wer denn?", will Pauline wissen. Jetzt kommt´s, jetzt schlägt die Stunde der Wahrheit! Ich halte vor Aufregung den Atem an. Nun mach schon, Merle, raus mit der Sprache!

„Ich glaube, es ist Timo. Den habe ich heute Morgen an deinem Fahrrad herumfingern sehen!" Schon wieder der falsche Text! „Meinst du wirklich?", fragt Pauline und lächelt.

Nein, nein, nein! Ich schreie stumm. Das geht tatsächlich. Eindeutig nicht mein Tag heute.

5)   Blaulichtszenen

Also zurück auf Los. Oder besser gesagt einen Schritt weiter Richtung Strategie Zwei. Raus aus der Deckung und meine Qualitäten vorführen. Auch wenn ich so gar nicht der geborene Showman bin. Und die Zahl meiner Qualitäten mehr als überschaubar ist. Ehe ich jedoch genaue Pläne für die nächste Runde schmieden kann, habe ich drei Einsätze als Bonsai-Polizist, will heißen, ich zeige mich als Freund und Helfer. Ohne dabei auf mögliche Sonderpunkte zu schielen. Ehrlich!

Da der Kunstraum in dieser Woche gestrichen werden soll, damit man erkennen kann, dass seine eigentliche Farbe nicht Ätzbraun, sondern Vanillegelb ist, müssen wir heute unsere Kunstmappen und die beim letzten Projekt angefertigten Skulpturen mit nach Hause nehmen. Alle sind vollauf begeistert (das war natürlich spöttisch gemeint) von der Aussicht, bei dem grässlichen Graupelwetter unförmige Mappen und Pappmaschee-Tiere zu transportieren. Zwischenlagern im Klassenzimmer dürfen wir nicht. Alle stöhnen genervt.

„Wäre jemand so freundlich von euch, Paulines Sachen mitzunehmen?", fragt Frau Menzelstein in die Runde. „Das kann sicher Merle machen", schlägt Annika vor. „Die sind doch beste Freundinnen und hängen nachmittags immer zusammen." Doch Merle schüttelt den Kopf. „Heute kann ich leider nicht. Ich muss nach dem Unterricht direkt in die Tennishalle radeln. Zu einem Punktspiel. Ich kriege schon meinen eigenen Krempel wegen der Sporttasche kaum unter. Tut mir leid."

Frau Menzelstein blickt weiter fragend in die Runde, während sich alle möglichst beschäftigt geben und sich weg zu ducken bemühen. „Findet sich vielleicht jemand anders?", versucht die sie erneut ihr Glück. Sie hätte genauso gut fragen können, ob jemand einen grünen Smoothie haben oder am nächsten Marathon teilnehmen möchte. Kein Wort zu hören, Blickkontakt vermeiden und bloß keine Bewegung machen, die als Melden fehlinterpretiert werden könnte. Ja, es gibt tatsächlich Momente, in denen unsere Klasse still sein kann.

Soll ich vielleicht? Mein Arm juckt schon ein wenig. „Wirklich niemand, der Pauline ihre

Sachen bringen kann?" Ich glaube, ich verliere die Kontrolle über meinen Arm. Er scheint ein Eigenleben entwickeln zu wollen. „Schade!", seufzt Frau Menzelstein enttäuscht. „Dann muss ich ihre hübsche Riesenschildkröte in das Kabuff von Herrn Ott bringen. Hoffentlich überlebt sie das!"

Was?!? Paulines sensationelle Riesenschildkröte aus Pappmaschee – in Lebensgröße wohlgemerkt – in die hoffnungslos zugemüllte Abstellkammer unseres Hausmeisters stopfen?

Der Horror. In diesen Winzraum kommt alles rein, was die Schule gerade nicht gebrauchen kann, aber vielleicht später doch wieder. Dazu verschiedene Kulissenteile der Theater-AG und alter Krempel aus allen möglichen Fachabteilungen. Alles rein. Meist auf Nimmerwiedersehen. Dreckig und eng. Und da soll Kassie (Pauline hat ihr Werk nach der berühmten Momo-Schildkröte Kassiopeia getauft) rein? Nein, unmöglich. Das ist ihr sicherer Tod.

Hey, was macht mein rechter Arm? Ich schaue ihm verblüfft zu, wie er sich langsam hebt. Und meine Zunge? Wohl seine Komplizin! Ich höre mich sagen: „Ich nehme Paulines Sachen mit."

„Den unteren Abschnitt des Zettels bitte schon morgen unterschrieben zurückbringen". Herr Baumann, der nicht nur unser Mathe-, sondern auch unser Klassenlehrer ist, teilt ein Formular zum morgigen Hallenbadbesuch aus. „Pauline ist für heute wegen Krankheit entschuldigt. Weiß jemand, wann sie wieder zur Schule gehen kann?" Alle blicken Merle an. Wenn jemand Auskunft geben kann, dann sie.

„Ich habe mit ihr gestern Abend telefoniert.", antwortet Merle. „Sie hat sich am Wochenende den Magen verdorben und ist heute zur Schonung nochmal zu Hause geblieben. Morgen will sie wieder kommen." – „Dann muss ihr jemand den Zettel vorbeibringen, damit sie mitschwimmen kann. Könntest du das übernehmen, Merle?" Merle schüttelt den Kopf. „Das macht Toni." Ah ja? Selbstredend, dass sämtliche Hausaufgaben und Arbeitsblätter der heutigen Fächer in doppelter Ausführung in meinem Rucksack landen.

Im Fahrradkeller stehe ich dann da wie der sprichwörtliche Ochs vorm Berg. Ich bin doch ein Rindvieh, dass ich mich freiwillig zum Transport von Kassie bereiterklärt habe. Und Letztgenannte gehört zu dem Berg, den ich auf meinem Drahtesel unterbringen muss. Zum Glück habe ich als Pappmaschee-Figur einen Clownfisch gewählt, der passt problemlos in meine Brotdose. Aber wie um Himmels willen soll ich eine Riesenschildkröte und zwei DIN A3-Kunstmappen auf dem Gepäckträger verstauen? Mit meinem Schulrucksack auf dem Rücken! Nein. Mit meinem Schulrucksack vor dem Bauch. Ich werde wie ein Depp aussehen, aber es hilft ja nichts, da werde ich dann durchmüssen.

Die Kunstmappen kann ich nur mit meinen beiden Expandern unterbringen, es sei denn, ich hätte am Ende der Fahrt gerne ein neues Format. Natürlich Paulines unten, damit meine sie vor der Nässe schützen kann. Aber wie befestige ich jetzt Kassie auf den Mappen? „Na, Kumpel, jetzt haste wohl ein Problem!", lacht Philipp, der gerade lässig vorbeiradelt. Mit *einer* Kunst-mappe. Praktischerweise aus Kunststoff. Ohne Riesenschildkröte.

Plötzlich habe ich eine geniale Idee. Ich krame zum ersten Mal in meinem Schülerleben das peinliche Regencape aus der tiefsten Unterwelt meines Rucksacks, das mir meine überfürsorgliche Mutter fürs Radeln bei schlechtem Wetter gekauft hat. In Neon-Orange! „Damit dich die Autofahrer gut sehen können, Junge!" Damit ich aussehe wie ein Bonsai-Bauarbeiter oder ein Riesen-Erstklässler. Egal. Jetzt bin ich Mama für dieses uncoole Teil dankbar, denn ich kann mit ihm Kassie abdecken (ehrlich, um sie zu schützen, nicht um sie zu verstecken) und sie mit den Ärmeln am Fahrradrahmen festbinden. Mit dem Rucksack vor dem Bauch schiebe ich dann mein Stahlross die ziemlich steile Auffahrt des Fahrradkellers hoch. Immer die wertvolle Fracht im Blick. Mein Befestigungskunstwerk scheint zu halten. Hoffentlich auch bis zu Familie Seeligers Haus.

Das Fahren bringt mich recht bald an meine Grenzen. Dicke Graupel schränken meine Sicht ein, und bei jedem Tritt stoßen meine Knie an meinen Rucksack. Auf Handzeichen verzichte ich, um den wackeligen Aufbau nicht zu gefährden und um nicht das Gleichgewicht zu verlieren. Gelegentlich blicke ich kurz über die

Schulter, um das orange Monstrum auf dem Gepäckträger zu kontrollieren. Dass die Mappen wohlauf sind, davon gehe ich einfach mal aus.

Eine gefühlte Ewigkeit später komme ich in Paulines Straße an. Ziemlich am Anfang des Geranienwegs überhole ich eine Frau in einem hellen Mantel, die sich mit einem Regenschirm vor der Nässe von oben schützt. Gegen die Nässe von unten ist sie dann machtlos. Die verpasse ich ihr unabsichtlich, als ich an ihr vorbeifahre. Erstens habe ich die Pfütze zu spät gesehen und zweitens habe ich gedacht, der Spritzabstand des aufgewirbelten Wassers wäre weit genug eingeschätzt. Leider verschätzt. „Kannst du nicht aufpassen!", schimpft die Dame. „Blöder Kerl!" Der blöde Kerl schmettert ein Tschuldigung in den Wind und gibt Gummi. Schnell weg von der eingesauten Bürotante.

Ich schiebe mein Rad in den Vorgarten der Seeligers und baue die gesammelte Kunst ebenso rasch wie vorsichtig ab. Nur nicht auf der Zielgeraden was zerstören! Auf mein Klingeln hin reagiert niemand. Doch ich sehe einen kleinen Schatten vor dem Milchglas stehen. Daher läute ich nochmals. Der Schatten kräht:

„Ich darf nicht aufmachen!" Piet. Paulines kleiner Bruder. Fünftklässler an unserer Schule. „Ich bin´s. Toni. Aus Paulines Klasse. Ich bringe ihr ein paar Sachen aus der Schule!" – „Ich kenne keinen Toni. Nie gehört!" Das geht wie Honig runter. Diese kleine Nervensäge! Ich muss jetzt schnellstmöglich ins Trockene kommen, damit die entblätterte Kassie sich nicht in unansehnliche Papiermatsche verwandelt. Ich klopfe mit der Faust an die Tür. „Mach endlich auf, Piet!"

„Willst du jetzt auch noch unsere Haustür beschädigen?", ertönt hinter mir eine verärgerte Stimme. Erschrocken drehe ich mich um und blicke in das Gesicht der Bürotante. Deren wollweißer Mantel im unteren Bereich jetzt den Dalmatiner-Look zeigt. „Entschuldigung!", stammle ich zerknirscht. „Das mit dem Mantel tut mir leid. Ich hatte es eben nur so eilig, damit Paulines Sachen möglichst unbeschadet bei ihr ankommen." Frau Seeliger runzelt die Stirn. „Paulines Sachen?" – „Ich bringe ihr die Kunstmappe, ihre Skulptur und verschiedene Zettel aus der Schule."

Es folgt ein Wetterumschwung von Gewitterfront zu Sonnenschein: „Das ist aber nett! Dann nichts wie rein ins Trockene!" Frau Seeliger schließt die Haustür auf und öffnet sie mit so viel Schwung, dass sie Piet an den Kopf knallt. Der brüllt los und rennt davon. Frau Seeliger hinterher. „Ich komme gleich mit dem Eisbeutel!"

Unsicher blicke ich mich um. An mir tropft es nur so herunter. Ich befreie Kassie von dem Cape, sie scheint einigermaßen wohlauf und da sie im Flur nur den Weg versperrt, stelle ich sie kurzerhand um die Ecke ins Wohnzimmer. Paulines Kunstmappe lege ich daneben. Bis auf die aufgeweichten Ecken sieht sie noch recht annehmbar aus. Meine eigene weicht derzeit auf dem Gepäckträger weiter durch. Egal, die Bilder hätte ich ohnehin weggeschmissen, und eine neue Mappe ist auch kein Luxus. Die Blätter aus der Schule lege ich in einem Stapel auf den Küchentisch, den Schrieb zum Hallenbadbesuch obenauf.

„Oh nein!", ertönt da ein entsetzter Schrei aus dem Wohnzimmer. Mit ungutem Gefühl eile ich zur vermuteten Lärmquelle. Frau Seeliger steht mit entgeistertem Gesicht vor Kassie. „Die ist nicht echt!", beruhige ich sie. „Das habe ich auch gemerkt, als ich die Farbe gesehen habe!" Ich schaue an Frau Seeliger vorbei und sehe, was sie meint. Die Feuchtigkeit ist doch nicht spurlos an Kassie vorübergegangen: Kleine Farbrinnsale sind den Panzer herabgekullert und als grün-braune Tropfen auf den Boden geplumpst. Zum Glück haben sie den weißen Teppich nicht erwischt.

Ein kurzer Blick auf Paulines Kunstmappe, die an den Ecken ebenfalls verräterische Aufweich-spuren in Rot (das letzte Thema war ein Sonnenuntergang in einer Landschaft nach Wahl) aufweist, rät mir davon ab, auf das Thema Kunstmappe näher einzugehen. „Den unter-schriebenen Zettel zum Schwimmen darf Pauline morgen auf keinen Fall vergessen!", erkläre ich Frau Seeliger. „Einen schönen Tag noch, Frau Seeliger. Auf Wiedersehen".

Ich bin schon fast an der Haustür angekommen, als mich Paulines Mutter am Ärmel festhält. „Warte mal. – Timo?"

Sie schaut mich fragend an. „Nein, Toni."
Lächeln, Toni, möglichst freundlich lächeln.
„Toni Fischer." Frau Seeliger lächelt zurück.
Dann schweigt sie und scheint nachzudenken.

Sie holt tief Luft und rückt mit ihrem Anliegen
heraus: „Kennst du dich mit Smartphones aus?
Bei meinem ist ein Update des Betriebssystems
fällig. Sonst macht das immer mein Mann, der ist
aber in dieser Woche geschäftlich unterwegs.
Könntest du vielleicht …?" Ich nicke. Wenigstens
das kann ich. Und garantiert unfallfrei. Sie holt
ihr Smartphone und drückt es mir erleichtert in
die Hand. „Danke."

Und schon wieder weg. Umziehen oder
Powerfrau? Egal. Das Update ist ein Kinderspiel.
Ich bin schon fast fertig, als mich ein seltsamer
Geruch von meiner Tätigkeit ablenkt. „Frau
Seeliger!", rufe ich Richtung Treppenhaus.
„Irgendwie riecht es hier komisch. Irgendwie
verbrannt." – „Oh nein, mein Kuchen, den habe
ich vor den Besorgungen in den Ofen und
vollkommen vergessen!" Warum kommt sie
dann nicht und holt ihn raus? „Ich ziehe mich
gerade um, könntest du vielleicht …?"

Langweilig ist es in diesem Haus jedenfalls nicht. „Klar, kein Problem!", entgegne ich und rase in die Küche, um zu retten, was zu retten ist. Was kann schon so schwer daran sein, einen Kuchen aus dem Ofen zu holen? Das sollte doch auch beim ersten Mal kein Problem sein! Ofen auf und die Form mit dem Handtuch herausholen. Ist doch easy. Autsch! Verdammt! Meine Fingerspitzen brennen, denn ich habe das Gewicht des Kuchens unterschätzt und dann fester zupacken müssen, als dass ein einfaches Tuch als Hitzeschutz ausgereicht hätte.

Die dicken Topflappen an den Haken neben dem Herd lachen mich, den Tollpatsch mit den roten Fingerspitzen, schadenfroh aus.

„Hast du dich etwa verbrannt?", fragt Pauline, die eben in die Küche kommt, nachdem sie von dem Lärm aus ihrem Erholungsschlaf gerissen und angelockt worden ist. „Nein!", behaupte ich. Mein Tomatenkopf spielt jedoch wieder einmal den Verräter. „Geht schon!", wiegle ich rasch ab.

„Zeig mal her." Pauline nimmt meine Hand in ihre und begutachtet den Schaden. Ehrlich gesagt, habe ich mir Händchenhalten weniger schmerzhaft vorgestellt. „Da sollte Eis drauf." – „Das ist gerade auf Piets Beule am Kopf". Pauline blickt mich verwirrt an. „Er ist mit der Haustür zusammengestoßen." Pauline betrachtet mich wie ein Alien. Schnell. Toni, sag was Lässiges! Dieser Blick hat etwas Erniedrigendes an sich. Der muss weg. Auf der Stelle. Los, lass dir einen coolen Spruch einfallen!

„Deine Mutter ist übrigens oben. In Wäsche. Darum habe ich mich auch verbrannt." Paulines entgeisterte Miene lässt mich endgültig verstummen.

Der Spruch ist es eindeutig nicht gewesen. Das nächste Geräusch, das ich bewusst wahrnehme, ist die Haustür der Seeligers, die ich hinter mir zuknalle.

Heute im Hallenbad sind alle Mann an Bord. Die Mädchen natürlich auch. Eine niedlicher als die andere. Witzige und raffinierte Bikinis in allen Farben weisen stolz auf zarte weibliche Rundungen hin. Die beide selbstbewusst dem männlichen Publikum vorgeführt werden. Gewissermaßen über Nacht sind die ehemals angesagten Einteiler in Rosa, Pink, Hellblau oder

Mint, bestückt mit Motiven à la Kitty, Bambi oder Arielle, in der Versenkung verschwunden und die knappen Zweiteiler haben den Schwimmbad-Laufsteg betreten. Und wenn ich ehrlich bin, gefällt mir der Kostümwechsel außerordentlich gut.

Pauline überrascht mich, denn sie erscheint nicht wie erwartet in Gelb, sondern in Königsblau mit lachsfarbenen Mini-Flamingos. Sieht klasse aus. Tina tritt als Leopardin auf. Was den anderen Jungs anerkennende Pfiffe entlockt, mir hingegen nur ein müdes Lächeln. Kein Vergleich zu den Flamingos.

Als Begleiter sind Sport-Möller und Herr Baumann dabei. Lehrer in Badeshorts sind ein wenig gewöhnungsbedürftig.

Zunächst sind einige sportlichere Einheiten angesagt, Staffelschwimmen und Wasserball. Daher muss ich dringend aufs Klo, wo ich die nächsten 15 Minuten auch bleibe. Leider hat meine Zeitrechnung nicht ganz hingehauen, denn als ich zurückkehre, wird gerade das Springen angesagt. Wahlweise vom 3m-Turm oder Einser-Brett. Schade, dass die Startblöcke nicht zur

Wahl stehen. Die höheren Türme der Sprunganlage sind aus Sicherheitsgründen für uns gesperrt. Zum Glück. Da ich unmöglich schon wieder aufs Klo gehen kann, komme ich am Springen wohl nicht vorbei. Einmal werde ich es schon irgendwie reinschaffen, die Runden der Besten finden ohne mich statt. Erst die Jungs, dann die Mädchen.

Timo mit vollendetem Kopfsprung. Sascha mit Salto vorwärts, Axel mit Salto rückwärts. Arschbombe von Felix. Glück gehabt. Die kann ich auch. Zumindest halte ich meine Figur für eine. Das Lachen der Mädchen und das Gejohle der Jungs, die mich beim Auftauchen empfangen, lassen mich allerdings ins Zweifeln kommen. Erwartungsgemäß scheide ich aus und kann fortan entspannt den anderen zuschauen.

Die Mädchen fast alle gerade rein, überwiegend mit zugehaltener Nase. Das habe ich mir mit Mühe gerade noch verkneifen können. Jetzt fehlen nur noch drei. Julia legt einen sportlichen Kopfsprung hin, der mit einem bewundernden Raunen der Jungs belohnt wird. Tina wartet ewig vor ihrem Sprung, um ihre Show möglichst lange auszudehnen und auszukosten. Auch sie lässt sich kopfüber ins Wasser gleiten, allerdings ohne das Brett zu bewegen, was eher schüchtern als sportlich wirkt. Aber immerhin. Die Jungs klatschen Beifall.

Jetzt fehlt nur noch Pauline. Sie nimmt Anlauf. Sie wird doch nicht auch …? Doch. Sie springt ebenfalls kopfüber ins Becken. Mit enormem Schwung. Alle klatschen begeistert. „Bravo!", entfährt es lauthals meinen Lippen. Wie von selbst. Alle schauen mich an.

Doch ehe sie eine blöde Bemerkung machen können, werden sie bereits von einem lauten Quieken aus dem Becken abgelenkt. Pauline steht am Rand und zeigt uns ihren blanken Rücken. Daher ihr Schrei. Sie hat beim Eintauchen ihr Oberteil verloren. „Das nenne ich eine Sexbombe!", grölt Eric. Tina kann ein schadenfrohes Grinsen nicht verbergen. „Willst du nicht zum Duschen rauskommen, Pauline?", feixt Jonas. „Weißt du nicht, dass in öffentlichen Bädern FKK verboten ist?" Mit jedem blöden Spruch sieht Pauline ein wenig unglücklicher aus. Ich bin mir nicht sicher, ob da nicht schon Tränen in ihren Augen glitzern. „Bist du jetzt unter die Meerjungfrauen gegangen, weil du gar nicht mehr aus dem Wasser kommst?", spottet Sascha.

Jetzt reicht´s. Das ist nicht mehr lustig. Das ist nur noch fies. Ich klettere an der Leiter ins Becken und fische Paulines Oberteil aus dem Wasser. Wortlos, aber mit dankbarem Blick, nimmt sie es entgegen. Das Dankeschön kommt dann von Möller.

„Wenigstens einer, der weiß, was sich gehört!" Hinter dem Schutz eines von Merle geholten und gehaltenen Badetuchs zieht sich Pauline ihr Oberteil an. Und dann ist es auch schon Zeit für die Dusche und die Rückkehr zur Schule.

„Da hast du bei deinem Schatzi aber punkten können, Toni!", lästert Timo und haut mir seine Pranke extra fest auf den Rücken. Meine Antwort erstaunt mich dann selbst: „Glaub mir, das hätte ich bei jedem Mädchen so gemacht!" Und ich weiß, dass es stimmt. Die Punkte nehme ich trotzdem gerne.

Meine ersten.

6) Wie geht noch mal Gentleman und Romantiker?

Gut. Ich hab´s kapiert. Pauline gefühlsmäßig in Höhenflüge zu versetzen ist mir trotz etlicher Anläufe nicht gelungen. Dann heißt es jetzt hochschalten in den nächsten Gang.

Licht aus, Spot an. Auf mich.

Ich muss jetzt raus aus meiner Deckung, raus aus meiner Bequemlichkeitszone und rein in den Pauline-Eroberungs-Ring.

Wobei mir One-Man-Toni-Auftritte entschieden lieber wären als Duelle mit Kontrahenten. Denn selbst ein kleines Licht kann leuchten, wenn nicht gerade ein greller Schweinwerfer neben ihm blendet. Ich werde bei jeder sich bietenden Gelegenheit meine Qualitäten zeigen und damit meine Herzdame beeindrucken. Eine ebenso einfache wie geniale Idee. Ich bin sozusagen meine eigene Werbung. Indem ich bin und handle.

Yeah! Ich glaube an mich! Selbstmotivation und ein begehrtes Ziel vor Augen sind ohnehin die besten Energiequellen. Jetzt muss ich nur noch ein paar Qualitäten bei mir ausfindig machen. Und mal wieder nachforschen, was in der Damenwelt so angesagt ist.

Frauen und ihre jüngeren Ausgaben, Mädchen, stehen auf Gentlemen und Romantiker, will heißen auf höfliche und gefühlsbetonte Jungs mit tadellosen Umgangsformen. Also auf Exemplare wie mich. Pah, das wird ein Selbstläufer!

Seit endlosen fünf Minuten lungere ich am Flurende in der Nähe unseres Klassenzimmers herum, um Pauline abzupassen, damit ich ihr formvollendet die schwere Glastür aufhalten kann. Zur Tarnung meiner eigentlichen Absicht würde ich zuvor geschäftig zur Tür eilen, weil ich ja (wo auch immer) etwas sehr Dringendes zu erledigen habe. Zumindest wird es für den ahnungslosen Beobachter so aussehen. Das überzeugendste Ziel wird das stille Örtchen sein. Kann jeder nachvollziehen.

Wo bleibt Pauline denn nur? Wenn sie nicht gleich um die Ecke kommt, wird es mit meiner Aktion knapp vor dem Gong. Ah, da kommt sie, ausnahmsweise ohne Merle an der Seite. Gleich, gleich, noch zwei Schritte, jetzt! Ich stürze zur

Tür, reiße sie auf und warte bis Pauline durch ist. Leider war sie so vertieft in ihr Vokabelheft, dass sie meine höfliche Geste überhaupt nicht bemerkt hat. Vokabelheft? Mist, da war was, den Englischtest habe ich ja völlig vergessen! Sprint zurück, erneutes Türaufreißen, um für einen kurzen Blick in mein Englischbuch zu meinem Platz zu hechten. Vielleicht bleiben wenigstens drei, vier Wörter hängen! Das Hindernis, das ich bei meinem Spurt unsanft streife und dadurch schubse, ist ausgerechnet Pauline. Ihr fällt dabei das Heft aus der Hand, sodass sie mich wütend anfunkelt: „Mensch, Toni, kannst du nicht aufpassen, wo du hinläufst?" Drei Minuspunkte bei meiner heutigen Höflichkeitsausbeute.

Klassischer Fehlstart.

In der Pause suche ich meine nächste Chance. Ich lasse Claas rücksichtslos stehen, sprinte zur Tür und reiße sie mit meinem charmantesten Lächeln vor Pauline und Merle auf. „Was grinst du so blöd?", will Merle wissen. „Habe ich was im Gesicht oder einen Flecken auf dem Pulli?" Erschrocken über diese nicht eingeplante Reaktion und meine Unfähigkeit zu antworten lasse ich die Tür los, die direkt vor Frau Bartels

Nase zuschlägt. „Was für ein schlechtes Benehmen!", kommentiert unsere Direktorin verärgert. Das Schlimmste: In Paulines Hörweite. Zwei weitere Minuspunkte.

„Entschuldigung!", stammle ich zerknirscht und öffne Frau Bartels die Tür. „Danke. Schon besser."

Einer für den Plusbereich.

Im Pausenhof sitzen wir auf der Mauer zum Sportgelände und quatschen. Pauline und Merle fehlen noch, da sie eine Bescheinigung im Sekretariat abgeben müssen. Als sie sich endlich zu uns gesellen, springe ich rasch von der Mauer, auf der alle Sitzplätze belegt sind, und biete Pauline meinen an. „Und ich?", empört sich Merle. „Kannst ihn gerne haben", erwidert meine Herzensdame. „Ich habe jedenfalls keine große Lust, in Vogelscheiße zu sitzen!"

Den letzten Gentleman-Versuch starte ich nach Schulschluss. Gut, dass Claas mittwochs immer schnell losdüsen muss, um es rechtzeitig zu seinem Schlagzeugunterricht zu schaffen, dann bekommt er wenigstens von meinen Balzversuchen nichts mit.

Heute ist mein Glückstag! Pauline erscheint alleine an der Garderobe! Aus dem Augenwinkel schiele ich in beide Richtungen, weil ich keine Aufmerksamkeit möchte. Rechts begutachten einige Mädchen der Klasse irgendwelche „süüüüßen" Was-auch-immer auf Tinas Smartphone. Links sind ein paar Jungs in eine Sportzeitschrift vertieft. Ich mache mir im Stillen Mut, atme tief ein und greife beherzt zu Paulines grüner Jacke, die ich unter sämtlichen Jacken der Schule blind erkennen würde. Ich halte sie ihr hin und frage: „Darf ich dir in die Jacke helfen?"

Pauline schaut mich an, als ob sie ein ihr unbekanntes Lebewesen begutachten würde. Interessiert, misstrauisch, aber auch mit einer Spur Furcht und Ekel. „Erstens ist das Merles Jacke, sie hat sich die gleiche eine Nummer kleiner gekauft. Und zweitens bin ich weder ein Kleinkind noch deine Oma!"

Stimmt. Die freut sich jedes Mal darüber, wenn ich ihr in den Mantel helfe.

Einer geht noch, Toni, noch ein einziger Versuch, dann ist endgültig Schluss mit der Gentleman-Nummer. „Wenn du möchtest, kann ich dir deinen Rucksack zum Fahrrad tragen", biete ich Pauline an. „Ich will künftig mehr für meine Fitness tun." Meine Erklärung hinterher soll meine tatsächliche Absicht etwas verbergen.

„Dann solltest du lieber ins Sportstudio gehen", empfiehlt Pauline. „Meinen darfst du gerne nehmen!", freut sich dagegen Merle, die inzwischen ebenfalls an der Garderobe eingetroffen ist, und drückt mir ihren schweren Ranzen in die Hand, der mich aus dem Gleichgewicht bringt. „Ich habe mir heute vier fette Bücher aus der Schülerbücherei für mein Nawi-Referat ausgeliehen. Ach nee.

Nachdem ich in der Praxis gelernt habe, dass ein Gentleman wohl nur von älteren Damen geschätzt wird, möchte ich als Nächstes die Romantik-Karte ziehen.

Wer, wenn nicht ein den Stimmungswirren der Pubertät ausgesetztes Mädchen, wäre aufgeschlossen für große Gefühle?

Den Blumeneinsatz spare ich mir. Bekanntlich scheut ein gebranntes Kind das Feuer. Muss ja auch nicht sein, wenn es andere Möglichkeiten gibt.

Heute will unsere Klasse zur Feier des überlebten ersten Schulhalbjahrs gemeinsam ins Kino und danach in eine Eisdiele. Obwohl wir unmöglich alle Geschmäcker unter einen Film-Hut bekommen werden. Obwohl um diese Jahreszeit eher heißer Kakao im Café angesagt wäre.

Das erste Problem soll die Demokratie lösen, d. h. wir gehen in den Film, der bei der Abstimmung die meisten Stimmen bekommt. Das zweite Problem ist mit der Aussicht auf die Gesellschaft schnatternder Damen jenseits der 50, die in der Regel die Cafés zu jeder Tageszeit bevölkern, rasch vom Tisch.

Die Jugend probt den Aufstand, die Jugend will selbst dann Eis, wenn es draußen selbst noch welches gibt.

Wir sammeln aktuelle Filmtitel an der Tafel. Einem der drei Vorschläge dürfen wir unsere Stimme geben. Der mit den meisten gewinnt. Ganz einfach. Zur Wahl stehen eine Liebes-komödie, die mit ihrem voraussichtlichen Happyend einen hohen Seufz- oder gar Taschen-tuchfaktor bei den Mädchen erwarten lässt, ein

Actionkracher (Timos erster Vorschlag, ein blutrünstiger Horrorstreifen, ist zum Bedauern der Jungs an der Mindestalter-Hürde gescheitert) und ein witziger Animationsfilm (Idee von Herrn Baumann, da für Mädchen und Jungs gleichermaßen geeignet).

„Ich spendiere auch einen Eimer Popcorn!" Timo. Eindeutig Wahlkampf, um die 13 Stimmen der Jungen allesamt auf den Actionfilm zu vereinen. „Den Trickfilm hat meine kleine Schwester schon gesehen!", mault Lennart. „Die fand ihn gut, also taugt er nichts."

Das nenne ich mal eine fachmännische Bewertung. „Die Hauptdarstellerin sieht voll klasse aus", macht sich jetzt Klara für den Liebesfilm stark. „Die wird euch gefallen!" – „Mag ja sein", brummt Sascha, „aber deswegen ist der Film trotzdem Mist!"

Wir stimmen offen ab. Vier Handzeichen für den Animationsfilm. Meine nicht, ich will ja schließlich romantisch Farbe bekennen. Felix, Lotte, Pia und Annika. Dann ist die Liebeskomödie dran. Jetzt kann ich mich der jungen Damenwelt als gefühlsbetonter Junge offenbaren. 11 Hände gehen hoch. Die der restlichen Mädchen und meine.

„Sag mal, bist du bekloppt?", fährt mich Timo wütend an. „Die Weiber und ihre dämliche Schnulze zu unterstützen?" – „Verräter!", zischt Jonas. Claas schaut mich nur verwundert an. „Keine Panik", entschärft Eric die aufgeladene Stimmung, „Es reicht trotzdem." Stimmt. Die Mädchen murren zwar zunächst ein wenig, geben sich aber fair geschlagen, umso mehr, als Tina behauptet: „Na ja, Nick Statham sieht auch ziemlich cool aus!" Na toll! Mein romantisches Outing hat mir jetzt wahnsinnig viel gebracht! Ich kann mir jetzt wahlweise das Etikett Weichei oder Sonderling auf die Stirn pappen.

Nach dem Film, der erstaunlicherweise allen gefallen hat, sitzen wir im *Cortina* über den Karten und überlegen, welche Eisbecher wir uns geldmäßig oder kalorientechnisch leisten wollen. Erfreut bemerke ich, dass auf den Tischen Kerzen verteilt sind. „Hat jemand Feuer?", frage ich in die Runde. Alle glotzen mich an. „Rauchst du etwa auch?", will Philipp wissen, der seit zwei Monaten qualmt, um seine Eltern zu ärgern und bei den Mädchen cool und lässig zu wirken.

„Nein, ich finde Kerzenlicht einfach schön", antworte ich und nehme Philipps Feuerzeug. Beim Anzünden der Teelichter in den Gläsern verbrenne ich mir natürlich prompt die Finger und mache dadurch meinen möglicherweise guten Eindruck bei den Mädchen gleich wieder kaputt. Am kühlen Eisbecher kann ich den Schmerz der roten Stelle dann wunderbar behandeln. Gefräßige Stille, als alle löffeln, die plötzlich von einem spitzen Schrei aus der Mädchenecke beendet wird.

„Hey, schaut mal, da steht ja eine Jukebox!", ruft nämlich Jasmin begeistert aus und zeigt auf einen beinahe klaviergroßen Kasten in der Ecke. „Lasst uns was spielen!" – „Wenn das Musik-angebot so alt ist wie der Kasten selbst, sollten wir das lieber sein lassen!", antwortete Sascha. „Das Gedudel meiner Eltern muss ich hier nicht auch noch haben!"

Ich stehe auf und gehe Richtung Jukebox, wobei ich mein Gedächtnis auf gefühlvolle Balladen hin durchkrame. „Wenn was Gutes dabei ist, spendiere ich eine Runde!"

Ich wähle zunächst *Auf uns* von Andreas Bourani. Für die Jungs. Zur Erinnerung an die WM 2014. Keiner schimpft, einige singen sogar leise mit. Anschließend kommt von Adele *Someone like you*. „Was ist denn das für ein furchtbares Gejaule?", beschwert sich Eric bei mir.

„Das ist Adele, du Banause! Die ist super!", verteidigt Emily meine Wahl. Danke Emily. „Ich möchte gerne zahlen!", ruft Eric dennoch. „Und vor dem Gewinsel fliehen!" „Ich auch." Sascha. „Ich auch." Niklas.

Als dritter und letzter Song laufen die ersten Takte von *My heart will go on* von Celine Dion. Jetzt stöhnen sogar die Mädchen. Ein Flop, da hilft auch Sarahs Lob nicht mehr viel: „Aber der Film hat mir gefallen!" – „Sorry, Leute, da habe ich aus Versehen den falschen Buchstaben gedrückt!", verteidige ich mich kläglich. „Ich wollte eigentlich was ganz anderes haben!"

Hoffentlich fragt jetzt keiner nach. Nein. Alle flüchten. Ich sitze alleine vor der romantischen Kerze und lausche dem romantischen Schmachtsong einer beeindruckenden Stimme.

Vielleicht funktioniert der Trick mit der Romantik ja nur zu zweit?

Draußen werde ich von Claas erwartet. Das nenne ich einen wahren Freund.

„Lässt du mich noch Mathe abschreiben?", fragt er. Ich nicke .Wortlos radeln wir zu mir nach Hause.

7) Man sieht auch mit der Nase gut

Ja, ja, es kommt auch auf die inneren Werte an, wenn man einem Mädchen gefallen will, ich weiß. Neben dem Äußeren zählen der Charakter und sympathische Eigenschaften wie witzig, sportlich, intelligent, hilfsbereit oder höflich. Verstand und Herz entscheiden, nicht die niederen Sinnesorgane.

Vergiss es!

Genauso gut kannst du auch an den Weihnachtsmann glauben. Ich habe es mit Witz versucht, Fehlanzeige. Sportlich bin ich nun mal nicht und werde es auch nie sein. Jeder Versuch in diese Richtung würde garantiert beim Arzt enden. Entweder weil ich mir irgendeine Verletzung zugezogen hätte, an einer Körperstelle, die mir bis zu diesem Zeitpunkt sehr fremd gewesen ist, oder mein Publikum hätte sich vor Lachen unglücklich fallen gelassen, gestoßen oder einen Bauchmuskel gezerrt. Sport geht gar nicht. Zu viel Konkurrenz, zu wenig Rohstoffe meinerseits, die ich veredeln könnte.

Ähnlich verhält es sich beim Thema Intelligenz. Kein Überflieger, sondern Mittelklasse. Wenigstens kein leistungsschwacher Kleinwagen, der das R vor dem P vermutet oder beim Malnehmen immer noch endlose Zahlenkolonnen bildet, um diese dann anschließend zusammenzuzählen. Wenigstens das nicht.

Hilfsbereit bin ich schon gewesen (frag Kassie), höflich auch (Stichwort Gentleman). Beides ohne messbaren Erfolg. Weil die Behauptung von den inneren Werten einfach nicht stimmt. Zumindest nicht bei Teenagern. Ich nehme uns Jungs da gar nicht aus. Wir schauen uns auch gerne ein hübsches Mädchen in coolen Klamotten an. Auch wenn wir wissen, dass wir es nicht bekommen werden. Und wenn ich an Emily vorbeigehe und ihren zarten Pfirsichduft wahrnehme, gefällt mir das auch. Daher werde ich jetzt genau an diesen beiden Punkten ansetzen.

Ausgestattet mit Papas Geburtstagsgutschein stehe ich seit zehn Minuten am Eingang des Einkaufszentrums und warte auf Claas. Er hat sofort zugesagt, als ich ihn gefragt habe, ob er mit mir shoppen gehen will. Weg von den Hausaufgaben und der kleinen, nervtötenden Schwester. Für den winzigen Bruchteil einer Sekunde, habe ich mit dem Gedanken gespielt, Jo zu fragen. Doch sie hätte mich Löcher in den Bauch gefragt und mir die Ohren mit Tipps zu Themen abgekaut, die mich nicht die Bohne interessieren. Oder mich mit Lobeshymnen über ihren Super-Lars zugetextet. Oder – noch schlimmer – ihren Freund als unverzichtbaren Berater gleich mitgeschleppt. Dann doch lieber Claas. Zwar weniger sachkundig in puncto Mode (dafür gibt es schließlich Personal), aber als Freund dafür garantiert ehrlich, wenn ich ihn um seine Meinung bitte.

„Sorry, Kumpel, musste erst Mathe fertig kriegen!", kommt Claas endlich angekeucht. „Was brauchst du eigentlich und wo willst du zuerst hin?" Für ein komplett neues Outfit samt Schuhen reicht mein Geld auf jeden Fall nicht. Daher heißt es einzelne Glanzpunkte setzen. Hingucker, die etwas hermachen, ohne allzu viel zu kosten.

„Ein, zwei lässige Oberteile und vielleicht noch witzige Socken", antworte ich. Ab morgen muss es eben ohne Stiefel gehen. Und da ich keinen blassen Schimmer habe, welches Geschäft das Beste ist: „Fangen wir einfach beim ersten Laden an!"

Angesichts des überwältigenden Angebots schleiche ich zusammen mit Claas hilflos und überfordert zwischen endlosen Regalen mit Pulloverstapeln und Stangen herum, an denen Hemden und Shirts in jeder erdenklichen Dicke und Farbe hängen. Uni, gemustert, bedruckt. Ich habe noch gar nicht angefangen und kann schon nicht mehr.

Rettung naht in Person einer eifrigen Verkäuferin in den Dreißigern, die mich mit geschultem Blick als ihr williges Opfer ausgemacht hat und zu bearbeiten gedenkt. „Kann ich Ihnen helfen, junger Mann?", übernimmt sie das Kommando. „Oder darf ich noch Du sagen?" Kumpelhaftes Zwinkern. „Ich suche was Schönes zu meiner Jeans!", entgegne ich. „Und dann brauchen wir noch Socken!", ergänzt Claas. Er will schließlich helfen. Die Verkäuferin lacht laut auf. „Und die sollen auch zur Jeans passen?"

Gefühlte 100 Anproben später (In Wirklichkeit sind es nur 22 gewesen, Claas hat tatsächlich mitgezählt.) stehe ich an der Kasse und bezahle meine Ausbeute. Jetzt gibt es kein Zurück mehr. Die entzückten Ausrufe der Verkäuferin („Super! Das unterstreicht deinen besonderen Typ!" Was immer sie damit gemeint haben mag.) und die wohlwollenden Kommentare von Claas („Das sieht gar nicht so übel aus, Alter!", auf seiner Lob-Skala schon eine der höheren Stufen) segnen die Sieger-Teile ab: Sie selbst haben den harten Ausscheidungskampf gewonnen und sollen mich zum Triumphator in der Modeszene der 7b machen.

Die Sockenwahl geht dagegen ratzfatz. Bei den Motiven schlägt Donald Duck harmlose Gegner wie Kleinkind-Bagger und Grundschul-Dinos. Und aufgedruckte Knochen sind nur an Halloween witzig. Bei den Mustern siegen die Kuhflecken über Ringel (was für Clowns), Tupfen (was für Mädchen) und Rauten (was für Langweiler). Bei den Farben schließlich entscheide ich mich für Neongrün.

Du bist kein bisschen nervös, Toni. Es ist ein Tag wie jeder andere.

Auch wenn Jo dich heute Morgen mit einem seltsamen Blick bedacht hat und Mama etwas von einer unpraktischen Farbe gemurmelt hat. Auch wenn er sich wie der Tag nach dem Haare-schneiden anfühlt. Wenn man vorsichtig das

Klassenzimmer betritt, um mit einem ergebenen Lächeln die unvermeidlichen Bemerkungen zu empfangen. „Sieht aus wie XY!" Für X steht ein mir unbekannter Sportheld, eher drittklassig, für Y ein Schauspieler der B-Kategorie, schlimmstenfalls ein mir sehr wohl bekannter, unbeliebter Lehrer, Politiker oder Schüler einer anderen Klasse oder der Klassiker: „Vorher sah es besser aus!"

Vorher sieht immer besser aus, weil es eben das Gewohnte ist. Kapiert das denn keiner?

Ich trage zwei neue Oberteile und neue Socken. Ich bewege mich damit wie immer. Ob es jemand merkt? Ob es ihnen gefällt? Bemüht langsam schlendere ich zu meinem Platz und lasse mich auf den Stuhl plumpsen. Merle blickt auf. „Der Pulli ist neu, oder?" Ich nicke. „Den Hoodie habe ich gestern gekauft." – „Hat dich denn keiner beraten? Du siehst aus wie ein Schaf!" Lennart. Ehrlich und direkt wir immer.

Vielleicht wäre Marineblau doch die bessere Farbe als Wollweiß gewesen. Aber Blau haben alle, und das Weiß leuchtet so schön, hat die Verkäuferin geschwärmt. „Aber gut warm", lobe ich. „Was erwartest du denn bei dem dicken Teddyfutter?" Hört sich Paulines Stimme etwa spöttisch an? „Eindeutig zu warm!", seufze ich und ziehe mir den Kapuzenpulli über den Kopf, um das nächste neue Teil freizulegen. Dieses ausgeklügelte Vorgehen ist mir gestern Abend im Bett noch eingefallen. Ein in jeder Hinsicht gekonnter Auftritt sollte es werden. Zum Vorschein kommt ein grünes Hemd. „Ein tolles Grün!", hat die Verkäuferin gejubelt. „So frisch!" Der nach den vielen Anproben nicht mehr so frische Claas hat genickt. „Jetzt siehst du aus wie ein Frosch!" Wieder Lennart. Wieder aufrichtig.

Als frischer Frosch habe ich eigentlich nicht enden wollen!

Ob wenigstens die Socken ankommen? Dank Lottes Frage klärt sich die Sache rasch: „Was, du bist bei DER Kälte mit Turnschuhen los?" Kann ich ahnen, dass es Ende Februar noch Minusgrade hat? „Damit man Tonis neue Socken sehen kann!", erklärt Claas in eindeutig zu hoher Lautstärke. Danke für den peinlichen Tipp, Kumpel! Jetzt denkt natürlich jeder in der Klasse, dass ich es nicht erwarten kann, meine neuen Sachen vorzuführen. Wie auf Kommando richten sich sämtliche Blicke auf meine Knöchel. Einige Mädchen kichern. Pauline zählt glücklicherweise nicht dazu. „Mickey Mouse! Ist ja krass!" War das nun ein Kompliment, Eric? „Das ist doch Donald Duck, du Blödmann!", stellt Philipp klar. „Ist das nicht der Loser in der Ententruppe?", erkundigt sich Jonas.

Ich bin bedient. Und werde das Gefühl nicht los, dass die Socken genau aus diesem Grund so gut zu mir passen.

Nach der Laufsteg-Pleite möchte ich nun über den Geruchssinn angreifen. Zu einem gepflegten Mann gehört ein betörender Duft. Umgekehrte Gleichberechtigung sozusagen.

Warum soll nur die Damenwelt die Lebewesen in ihrer näheren Umwelt benebeln dürfen? Ich persönlich habe nichts dagegen, wenn ein Mädchen lecker nach Zitrone, Mandarine oder Vanille riecht. Nur Lavendel oder Maiglöckchen kann ich nicht ab, so riechen die Klamotten meiner Oma und sie selbst.

Ansonsten sind mir künstliche Wohlgerüche eindeutig lieber als die natürlichen Ausdünstungen, die Deo-Verweigerern, feuchten

Turnschuhen oder der Sportumkleideräume entspringen und wehrlose Nasen foltern. Etwas unangenehm werden die künstlichen Lockstoffe allerdings, wenn sie geballt auftauchen.

Was dann der Fall ist, wenn Tina, Jasmin und Annika gleichzeitig das Klassenzimmer betreten.

Ich werde also auch meine Duftmarke setzen und hoffentlich das süße Näschen von Pauline erobern.

So mein Plan. Und die Lösung ist praktischerweise ganz nah: In unserem Badezimmer. Wenn nämlich morgens mein Paps sich an den Frühstückstisch setzt, wird er oft von Jo umarmt, die begeistert an ihm schnuppert: „Mann, riechst du heute wieder gut!" Das will was heißen, denn Jos Zärtlichkeiten zu ihren Eltern werden immer weniger, je älter sie wird. Doch bei Papas Aftershave wird sie immer wieder schwach.

Gleich nach dem Mittagessen schreite ich zur Tat. Generalprobe für den morgigen Schulvormittag. Ich nehme Papas Rasierwasser und überlege wohin damit. Zunächst am Kinn, ist ja klar, da gehört es schließlich hin. Ich verteile das Wässerchen großzügig im Gesicht, was höllisch an meinem aufgekratzten Pickel brennt. Wohin noch? Die typischen körperlichen Einsatzorte habe ich mir angelesen: Überall, wo das Blut pulsiert. Schläfen, Hals und Handgelenk. Den Hals spare ich mir, ist ja fast beim Kinn, das schon dran war. Lieber noch einen Schwupps auf die Schläfen und je einen Tropfen auf das Handgelenk. Mist, läuft da immer so viel raus? Wie soll man da Tropfen abmessen, wenn einem aus der Flasche ein Sturzbach entgegenrauscht? Schnell verreiben.

Ich öffne das Fenster, da ich den Eindruck habe, keinen Sauerstoff mehr zu bekommen. Nach drei Minuten geben meine Lungen Entwarnung. Entschlossen betrete ich den Flur und nähere mich der Testperson der von mir ins Auge gefassten Zielgruppe: Jo. Ich klopfe wunschgemäß (mit einem fetten Warnschild verbittet sie sich unangekündigten Zutritt) an ihre Zimmertür und warte auf ihr gnädiges: „Kannst reinkommen!".

Manchmal muss man auf diese Antwort sehr lange warten und meine Fantasie kann sich entfalten und sich die wundersamsten Geschehnisse ausmalen, die sich währenddessen hinter der Tür abspielen: Bunte Wattewürmer zwischen den Zehennägeln wegreißen, Liebesbotschaften verstecken oder Schokolade hastig kauen und schlucken.

„Kannst du mir deinen Zirkel leihen?", frage ich sie. „Ich habe meinen in der Schule vergessen und brauche einen für die Hausis". Genau genommen habe ich ihn in meinem Zimmer im Rucksack verstaut und benötige nur einen glaubwürdigen Vorwand für mein Erscheinen. „Wenn ich meinen eigenen finde, klar", antwortet Jo und kramt sich die nächsten fünf Minuten durch ihre Schreibtischschubladen. Zeit genug, damit sich mein Duft wirkungsvoll entfalten kann. Ich bin gespannt, ob sie was merkt und was sagt. Ihre Reaktion kommt unerwartet schnell. Sie hält in ihrer Bewegung inne, hebt den Kopf, schnüffelt bewusst und durchbohrt mich mit ihrem Blick:

„Kann es vielleicht sein, dass du dich an Papas Rasierwasser vergriffen hast?" Ich nicke. „Ich wollte es mal ausprobieren." Jo baut sich vor mir auf und betrachtet sich mein Gesicht aus nächster Nähe. „Und wieso benutzt du Rasier- wasser, wenn du null Bart hast? Ich sehe noch nicht einmal den Hauch eines Flaums auf deiner Oberlippe?!?" Ich weiß, vor etwa zehn Minuten bin ich zum gleichen Ergebnis gekommen. „Zum Üben".

Genervt rollt Jo mit den Augen und schiebt mich aus ihrem Zimmer: „Das hast du auch nötig. Von Frau zu Mann: Weniger ist mehr. Du verpestest mir ja das Zimmer mit deiner Duftwolke!" Das übertrieben laute Aufreißen ihres Fensters fühlt sich dann fast wie eine Ohrfeige an.

Also doch ins Fachgeschäft. Wenn die kostenlose Rasierwasserlösung wegen fehlenden Bart-wuchses und strenger Schwester ausfällt, muss eben ein richtiger Duft her. Unsicher schleiche ich um den Eingang der Parfümerie herum. DA soll ich rein? In diesen Beauty-Tempel, den topgestylte, topgeschminkte und topfrisierte Damen verlassen. Oder aufgekratzte, kichernde Teenagermädchen im Zweier-Pack. Ich zähle leise bis Zwanzig und schlüpfe rasch in das Fachgeschäft, wo ich unmittelbar von einem Duft-Tsunami überrollt werde und beinahe einen Erstickungsanfall bekomme.

Mein Überlebensinstinkt treibt mich Richtung Ausgang, doch ich sitze in der Falle, da ich gerade Tina und Anna ein Eis schleckend vorbeilaufen sehe. Wenigstens kommen sie mit ihrem Eis nicht in den Laden rein. Also Luft anhalten und warten, bis sie außer Sichtweite sind, dann frische Luft tanken und wieder rein. Erstaunlicherweise scheint sich mein Atmungssystem an den Sauerstoffmangel zu gewöhnen. Kaum bin ich wieder drin, krallt mich auch schon eine Verkäuferin, die wie ein leicht übergewichtiges Model mit Kriegsbemalung aussieht.

„Bestimmt kann ich dir helfen?", zwitschert sie mir zu und knipst ihr vollautomatisches Lächeln an. Wie wahr! „Ich suche einen Männerduft", bringe ich mühsam hervor. „Ein Geschenk für meinen Vater." Die Lüge kommt wie von selbst über meine Lippen. „Dann schauen wir doch mal, ob du was Passendes findest!" Sie stöckelt Richtung Herrenabteilung davon, und ich torkle willenlos hinterher. Als sie bei den entsprechenden Regalreihen plötzlich stehen bleibt, wäre ich fast in sie hineingelaufen. „In welche Richtung soll es denn gehen?", erkundigt sie sich und schiebt nach einem kurzen Blick in mein verwirrtes Gesicht gleich einige Vorschläge hinterher: „Würzig? Frisch? Holzig? Oder lieber doch was Animalisches wie Moschus?"

Ich verstehe nur Bahnhof und bekomme Panik, als ich einen Blick auf die Preisschilder werfe. Warum hat mir niemand gesagt, dass Düfte so verdammt teuer sind? Ich schlucke und frage tapfer: „Gibt es auch was unter zehn Euro?"

Das Profi-Lächeln verschwindet sofort. „Unter zehn Euro gibt es nur die Minis. Aber unsere Parfüm-Miniaturen sind derzeit alle ausverkauft. Da musst du zwei Wochen auf die nächste Lieferung warten." Ich kann nicht zwei Wochen warten. Ich will morgen loslegen. Anscheinend erwecke ich ihr Mitleid, denn sie schlägt vor: „Ich kann dir ein paar Proben mitgeben, dann kannst du zu Hause in Ruhe aussuchen und vielleicht auf den Wunschduft sparen."

Sie verschwindet kurz zu einer Schublade, holt einige winzige Pappschächtelchen heraus und reicht sie mir. Neckisches Zwinkern. „Für deine Freundin sind auch zwei dabei, Mädchen stehen auf so was!" Und schon macht sie eine Kehrtwende, um sich ihr nächstes Opfer zu schnappen.

Ratlos blicke ich auf die kleinen Fläschchen vor mir. Ich öffne jedes einzeln und schnuppere testend. Links landen die angenehmen, rechts die grässlichen. Am Ende muss ich mich zwischen zwei Kandidaten entscheiden. Wieder und wieder rieche ich an beiden, bis meine Nase aufgibt, und ich mich spontan für das mit dem blauen Verschluss entscheide. Ich sprühe ganz vorsichtig einmal auf meinen Hals, sonst nirgends. Weniger ist mehr. Ein zufriedenes Grinsen kann ich mir nicht verkneifen. So, die Damen, besser gesagt, werte Mitschülerinnen, eure Nasen werden euch heute beweisen, dass Toni Fischer ein dufter Typ ist!

Entsetzt starre ich auf Paulines rote Nase, was ihr nicht verborgen bleibt. „Glotz' nicht so blöd!", faucht sie mich schniefend an. „Sei froh, dass du nicht selbst so einen fiesen Schnupfen hast!" Mist, so war das nicht geplant! Was nun? Ich kann mir ja jetzt schlecht auf dem Jungenklo alles wieder herunterwaschen.

„Irgendwie riechst du heute so gut!", vernehme ich schon Sarahs Stimme neben mir. „Echt?", wundert sich Jasmin und schnuppert fachkundig, wobei sie sich mir bis auf geschätzte

20 cm nähert. „Den Duft kenne ich!", triumphiert sie auch schon. „Das ist der gleiche, wie meine Mutter ihn benutzt!"

Noch nie habe ich mich über den Schulgong so sehr gefreut wie in diesem Moment!

8) Jetzt oder nie!

Zum Glück habe ich überhaupt keine Zeit, über die Duftpanne heute Morgen großartig nachzugrübeln, da bereits die nächste Herausforderung auf mich wartet: Die heutige Faschingsparty an unserer Schule. Da es sich um DAS Ereignis des ersten Halbjahres handelt und seit Wochen das beherrschende Thema in den Gesprächen ist, wird mein Fehlgriff gar keine Chance haben, sich im Gedächtnis meiner lieben Mitschüler niederzulassen. Vorbei und schon wieder vergessen. So schön kann mancher Flop sein.

Die Faschingsfeier kommt mir gerade recht, jetzt, wo ich mich Pauline als tollen Kerl zeigen will, bietet sie doch jede Menge Gelegenheiten, mögliche Rivalen auszustechen und als glänzender Sieger zu erstrahlen: Kostümprämierung, Karaoke-Singen und Tanzwettbewerb. Ich habe vor, überall mitzumachen. Und glaubt nicht, dass ich mich dabei mit dem olympischen Gedanken zufriedengebe, o nein! Dabei sein ist eben nicht alles, ich will heute ein ernstes Wörtchen bei der Medaillenvergabe mitreden.

Am Ende des Abends werden alle wissen, wer Toni Fischer aus der 7b ist!

Um meine knappen Finanzen nicht übermäßig zu belasten, aber auch, um Einfallsreichtum zu beweisen, habe ich kein überteuertes Fertigkostüm à la Star Wars oder Batman gekauft, sondern geplant, aus den Klamottenvorräten und dem unerschöpflichen Haushalts- und Kellervorrat der Familie mir etwas Überzeugendes zusammenzubasteln.

Eventuelle Frisier- oder Schminktätigkeiten wird sicher gerne Jo übernehmen, wenn ich ihr als Gegenleistung schon an diesem Sonntag das Gassigehen mit Daisy abnehme. Seit sie 16 geworden ist und samstags länger auf die Piste kann, begegnet man beim Sonntagstisch gelegentlich einem Wesen, das eher einem Zombie als der bekannten Schwester gleicht.

Leider funktioniert ein derartiger Sparplan aber nur, wenn man das fehlende Geld durch einen entsprechend hohen Zeitaufwand ausgleicht. Ein Blick auf meine Armbanduhr zeigt mir, dass mir noch drei Stunden bis zum Beginn der Veranstaltung bleiben.

Mit Anreise wohlgemerkt. Seufz, jetzt brauche ich wohl den Ideenturbo, rettende Heinzelmännchen oder ein Wunder. Zehn Sekunden später reiße ich auf dem Dachboden den alten Kleiderschrank mit dem kaputten Schloss auf und wühle mich durch die Kostümsammlung unserer Sippe.

Meine Geräusche dringen bis in die Küche vor. „Stefan, wir haben einen Marder auf dem Dachboden", befürchtet meine Mutter. „Den Burschen knöpfe ich mir vor!", droht mein Vater, schnappt sich den Besen und poltert die Treppe hoch.

Ich ziehe mir gerade Mamas-Hippiekleid über, weil ich ausprobieren will, ob es zusammen mit der grünen Perücke und der bunten Blumengirlande zu meiner schwarzen Jeans ausreicht. Die Flower-Power-Brille mit den blauen Gläsern ist leider verbogen und hat nur noch ein Glas. „Was machst du denn hier?", fragt mein Vater mit erhobenem Besen, was leicht lächerlich wirkt. „Ich brauche ein Kostüm für unsere Faschingsparty", erkläre ich und stelle mich dabei in Pose: „Wie findest du das?" – „Bist du für einen Clown nicht etwas zu alt?"

Ebenso überzeugt wie enttäuscht trenne ich mich von der Hippie-Idee und tauche erneut in den Kleiderberg ein. „Mama kann dir doch was Passendes nähen", schlägt Papa vor. „In zwei Stunden?", seufze ich. „Die Party beginnt schon um 18:00 Uhr." Und mit einem verzweifelten Blick auf das untaugliche Angebot zu meinen Füßen: „Heute!"

„Geh doch als Mädchen!", schlägt Jo vor, die in einem hautengen Meerjungfrauenkostüm Richtung Badezimmer vorbeitrippelt, wo sie die nächsten beiden Stunden verbringen wird, um nach ihren Mal- und Lackierarbeiten dann als lockige, glitzernde, bunt schimmernde Nixe herauszukommen, bis Lars sie abholt, um sie mit dem Auto seiner Mutter zur Schule zu kutschieren.

„Bestimmt nicht!", knurre ich verärgert. „Da bleibe ich lieber zu Hause!" Was kein bisschen stimmt. Ich will und muss auf dieses Fest! Mit einem lustigen Kostüm!

„Du könntest die gestreifte Schlafanzughose von Opa anziehen, mit einem Kissen drin, und mit der Pippi-Langstrumpf-Perücke als Obelix gehen!" Papas Vorschlag ist zwar gut gemeint, aber ebenso unmöglich. „Erstens hat Obelix´ Hose blaue Streifen und keine roten und zweitens ist mir die Perücke zu klein: Jo war damals in der ersten Klasse!" Und drittens mache ich mich doch nicht freiwillig zum Gespött der ganzen Schule füge ich im Stillen hinzu.

Mach schon, Toni, die Zeit rennt dir davon! Fieberhaft durchforste ich meine Hirnwindungen auf der Suche nach der genialen Idee. Schließlich werde ich fündig. Nicht der Brüller, aber immerhin der Ansatz einer guten Idee. „Ich ziehe mich einfach ganz in Schwarz an und setze Papas schwarze Sonnenbrille auf." – „Und was soll das für ein Kostüm darstellen?", erkundigt sich Vater vorsichtig. „Joe Cool?" – „Nein, Man in Black", antworte ich. „Kennen in meinem Alter alle!", behaupte ich. Aber ob sie es auch ER-Kennen?

Die Rettung kommt schließlich von Mama. „Nimm doch Opas Zylinder und gehe als Schornsteinfeger!" Schornsteinfeger?!? – Ja, warum eigentlich nicht? Schornsteinfeger sind beliebt, da sie Glück bringen sollen. Daher werden sich die Mädchen auf mich stürzen und mich berühren wollen. Das sind doch gute Aussichten.

„Dein Gesicht muss noch schwarz angemalt werden!", meint Mama, während sie an Papas Weste herumzupft, über deren Knöpfe sie Goldpapier gewickelt hat. Dank einer dünnen Schaumstoffschicht am Innenrand des Zylinders sitzt er wie angegossen auf meinem Kopf. Das peinliche Gummiband für den besseren Halt werde ich vor Ort im Inneren verschwinden lassen. „Jo, hast du schwarze Schminkstifte?", klopft Mama an die Badezimmertür. „Nein, nur braun, Schwarz ist sowas von out. Kein Mensch trägt mehr Schwarz!"

Vielen Dank für die fachmännische Aufklärung, liebes Schwesterherz, aber das hilft uns leider nicht weiter. Ich brauche dringend ein schwarzes Gesicht. „Vielleicht mit Schuhcreme?", schlägt Papa vor. „Nie im Leben!", entgegnen Mama und ich gleichzeitig. „Ich radle schnell zur Drogerie!", zeige ich Einsatz und Optimismus.

Zwanzig vor Sechs verlasse ich mit schwarzem Gesicht und schwarzen Handrücken das Haus.

Nach Schuhcreme duftend. Schwarze Faschings-
schminke war überall ausverkauft und an
„echte" habe ich als Laie und in der Hektik nicht
gedacht. Und dann war keine Zeit mehr. Darum
Papas Schuhcreme.

Nach der unsanften Radfahrt ist mein Zylinder
etwas verbeult. Die unfreiwillige Unterbringung
auf dem Gepäckträger bestraft er mit störrischer
Ei-Form. Ich gebe auf. Dann eben als Egghead-
Schornsteinfeger. „Cooler Zirkusdirektor!", höre
ich Claas hinter mir. Ich drehe mich um und
zeige ihm mein schwarzes Gesicht. „Erkennt
man mich auch ohne Leiter oder Besen?" –
„Klar!", versichert Claas. Wie jedes Jahr als
Cowboy, er ballert gern.

Der nächste Test wird es zeigen. Darth Vader
und Captain America kommen angefahren.
„Ausgefallenes Kostüm, Toni!", lobt Darth
Vader. „Aber Terminator hat eine Wumme und
keinen Hut!" Eindeutig Saschas Stimme. „Ich
bin nicht Terminator!", zische ich genervt. „Klar,
sieht man doch, was du bist", meldet sich
Captain America zu Wort. Danke Jonas.
Erleichterung pur. „Aber wo ist dein
Zauberstab? Oder hast du unter deinem Zylinder

ein Kaninchen versteckt?" Ich nehme den Dank sofort zurück und hoffe, dass wenigstens die anderen einen Kaminkehrer als solchen erkennen können oder im negativen Fall wenigstens ihre Klappe halten.

Drinnen tanzt bereits der Bär. Aus der Aula wummert und blinkt es. Aufgedrehte Schüler in klassischen („Das tut´s noch, ich bin als Mädchen auch schon Indianerin gewesen!") oder hippen Kostümen aus der Filmwelt wogen in die Aula hinein (die Neuankömmlinge) oder schon wieder heraus (die Durstigen und ihre Freunde Suchenden). Ist da nicht eben Tina als orientalische Schönheit vorbeigeschwebt?

Wie soll ich in diesem bunten Gewimmel und dem schummrigen Licht nur Pauline erkennen können? Bei dem Höllenlärm wird auch der Stimmtest nicht funktionieren. „Hast du schon jemanden aus unserer Klasse gesehen?", frage ich Claas, als er mit einer Cola in der Hand vom Getränkestand zurückkommt. „Ja, Sascha und Jonas." Nach den Mädchen frage ich ihn lieber nicht, das wäre dann doch zu auffällig. „Und Tina. In einem rattenscharfen bauchfreien Fummel. Man kann alles durchsehen!" Er grinst begeistert und rammt mir seinen Ellenbogen in die Seite. „Los, Kumpel, hinein ins Vergnügen!" Ehe ich ihm etwas entgegnen kann, ist er schon in der Menge verschwunden.

Doch erst die Pflicht. Ich kämpfe mich zu den Stellwänden der SV vor, um mich ablichten zu lassen und den Euro Teilnahmegebühr zu berappen. Jedes Kostüm erhält eine Nummer und wird als Papierausdruck an die Pinnwand gepappt. Mit dem Eintritt erhält jeder einen Stimmzettel, auf dem er seine persönlichen Favoriten aufschreiben kann. Maximal drei. Mit eigenem Namen, denn unter allen abgegebenen Stimmen werden ebenfalls drei Preise verlost. Ich schreibe dreimal 35 für meine Wenigkeit auf und setze Claas/7b darunter. Rein in die Sammelbox. Rein ins Getümmel.

In der rechten hinteren Ecke der Aula kann ich endlich unsere Klasse ausfindig machen. Obwohl Jungen und Mädchen sich häufig gegenseitig ärgern, sammeln wir uns bei Schulveranstaltungen wie von Zauberhand zu einem Rudel. Gemischt. Mit zwei Leitwölfen. Eric und Tina. Heute als Ninja-Krieger und Haremsdame. Ich stelle mich geschickt an die Nahtstelle zwischen

Männlein und Weiblein. So kann ich mit den Jungs plaudern und gleichzeitig die Mädchen beobachten.

Merle als Marilyn Monroe konkurriert mit ihrem tiefen Ausschnitt (und bei Merle gibt es obenherum durchaus was zu sehen!) und den grellroten Lippen mit Tina um das verführerischste Kostüm der 7b. Zickenkrieg, ich hör dir trapsen. Pauline hat sich als Hippie-Mädchen verkleidet: Pink-orange-blumig mit passendem Stirnband und riesiger roter Sonnenbrille. Eindeutig im Kampfmodus gegen Gelb, die Lieblingsfarbe ihrer Mutter. Ich kann Frau Seeliger förmlich hören: „Warum um Himmels willen hast du nicht das blaue Modell genommen, Liebes?"

Ich finde jedenfalls, dass Pauline klasse aussieht und bin mir nicht sicher, ob ich erleichtert oder enttäuscht sein soll, nicht auch als Hippie gekommen zu sein. Wäre zwar witzig gewesen, aber hätte sicher zu blöden Bemerkungen der anderen geführt.

„Lass dich kneifen, Toni!", gackert Biene Lotte und rammt mir ihre langen Fingernägel in den

Oberarm. „Das soll Glück bringen!" Sie dreht sich zu den anderen Mädchen um, wobei sie mir ihren rechten Flügel durch das Gesicht schrappt. „Küssen wirkt gleich doppelt!", witzelt Timo. Burgfräulein Anna überlegt kurz und nähert sich mit theatralisch gespitztem Mund meiner linken Wange. Ich habe nichts gegen Vorbilder für Pauline. Je näher Annas Lippen meinem Gesicht kommt, umso lauter grölen die Jungs.

Plötzlich hält Anna in der Bewegung inne und schnuppert. „Sag mal, ist das etwa Schuhcreme?", fragt sie ungläubig. Keine Antwort ist auch eine Antwort, und schon kreischt sie los: „Igitt, beinahe hätte ich Schuhcreme geküsst!" Angewidert verzieht sie das Gesicht: „Noch nie was von Schminke gehört?"

Ach nee. Meine Erklärung würde sowieso niemand glauben.

Glücklicherweise wird genau in diesem Moment die Preisverleihung des Kostümwettbewerbs angekündigt. Aufgeregt drängt sich die Masse Richtung Bühne. Aus der 7b haben Sascha und ich sowie Tina mitgemacht. Rocco, Schülersprecher aus der Elften, steht mit dem Mikro in der Hand da und wartet, bis es endlich leise genug wird. Macht er clever, könnte Lehrer werden. „Der dritte Platz geht an ...". Rocco erstickt das anschwellende Raunen im Publikum erneut mit einer Pause. „Lilly Schulte aus der 8d!" Eine feurige Flamenco-Tänzerin in Rot-Schwarz erklimmt die Bühne und nimmt strahlend einen Gutschein entgegen. „Dableiben fürs Gruppenfoto", bittet Rocco, ehe er den zweiten Platz verkündet: „Alina Bach aus der 9a!" Sein Blick schweift suchend durch den Saal. Ein spitzer Schrei vorne rechts verrät die Preisträgerin. Begleitet von beifälligen Pfiffen eilt eine schwarzgelockte Suleika in Orange-Gold zu Rocco. Ich schaue kurz zu der Bauchtänzerin aus unserer Klasse.

Tinas gequältes Lächeln zeigt, dass sie weiß, ein vergleichbares Kostüm wird kaum den ersten Platz bekommen haben. Mit ihren blonden Haaren zu Lila wirkt sie viel weniger wie eine Orientalin, da kann sie auch noch so viel Haut zeigen. Inzwischen ist die Spannung fast mit den Händen zu greifen. Welches Kostüm hat gewonnen?

„And the winner is …", schmettert Rocco ins Mikro, „… Gesa Steinhagen aus der 10b!" Tumult in der Mitte. Es bildet sich eine Gasse vor einer sexy Arielle, die (wie Jo heute Nachmittag auch) in Winzschritten zur Bühne trippelt. Dabei die Hände ungläubig vors Gesicht geschlagen wie eine Oscargewinnerin, was Tina mit einem verächtlichen Schnauben kommentiert.

Oben kann man das Siegerkostüm dann in voller Pracht bewundern: Smaragdgrüner Unterleib mit schillernder Flosse, ein lila Bikinioberteil, bestickt mit jeder Menge Pailletten, eine taillenlange Perücke und ein gekonntes Make-up vervollkommnen die Erscheinung. Für einen Moment stelle ich mir Pauline als Arielle vor, aber der Eindruck bleibt flüchtig. Ich finde, der Sieg geht in Ordnung. Sascha dagegen nicht: „Lauter halbnackte Weiber! Von wegen Gleichberechtigung!"

Bei den abgegebenen Stimmzetteln wird dann ausgerechnet Claas gezogen. Auf sein verwundertes „Aber ich habe doch gar nicht mitgemacht!" reagiere ich mit einem aufmunternden Stoß in den Rücken und den Worten:

„Halte einfach die Klappe und hole deinen Gutschein ab!"

Mitarbeiter der Organisationsgruppe sprechen einzelne Partygäste an und versuchen sie dazu zu überreden, am Karaoke-Wettbewerb mitzumachen. Fast alle winken ab. Seit all diese Casting-Shows im Fernsehen laufen, traut sich keiner mehr, in der Öffentlichkeit laut zu singen. Und diejenigen, die es wirklich gut können, dürfen nicht. Teilnehmer der Musical-AG sind nämlich vom Gesangswettbewerb ausgeschlossen.

Ob die 20 Euro Preisgeld wohl das Risiko aufwiegen, sich möglicherweise lächerlich zu machen? Für vier Kandidaten scheint dies ein durchaus interessantes Angebot zu sein.

Für mich auch, zumal ich ja Pauline beeindrucken möchte. Ich gehe zu dem Typen mit den Papieren in der Hand und zupfe ihm am Ärmel: „Wenn ihr noch jemanden sucht, also ich würde mitmachen." „DU?", ist die interpretationsfähige Reaktion auf mein einmaliges Angebot. „Eigentlich hätten wir gerne noch ein Mädchen." Was heißt hier noch? Die anderen vier Sänger sind Jungs. „Meinetwegen", gibt sich der Organisationsknilch geschlagen. „Dann nennen wir das Ganze eben *Auf der Suche nach dem neuen Elvis*!"

Wer zu spät kommt, den bestraft das Leben. Wie wahr. Die einzigen Titel aus den aktuellen Hitparaden, die ich kenne, haben sich natürlich die Kandidaten vor mir weggeschnappt. Egal. Ich muss mitsingen. Jetzt, wo der Rest der Klasse mitbekommen hat, was ich vorhabe, und für mich sogar einen lautstarken Fanblock bilden will, kann ich keinen Rückzieher mehr machen. Auf der dritten Seite der Liederliste finde ich endlich etwas, das ich kenne, auch wenn meine Altersstufe wohl eher nicht die vorgesehene Zielgruppe sein dürfte.

Die Konkurrenz schlägt sich zu meinem Leidwesen mehr als wacker. Der zweite ist sogar richtig gut. So gut, dass das Publikum mitgeht. Mitklatscht, mittanzt. Wie es wohl bei mir werden wird? Die nächsten Minuten werden es zeigen.

Pah, ich lasse mich doch nicht einschüchtern, mache ich mir selbst Mut. Dann siege ich eben über meine einzigartige Ausstrahlung!

Als mein Beitrag angekündigt wird, hole ich tief Luft und trete lächelnd vor. Zum Glück werden die Titel im Vorhinein nicht genannt, sodass mich wenigstens keine negativen Reaktionen aus dem Publikum entmutigen können.

Jetzt oder nie, Toni. Los geht´s! Als die ersten Takte der Musik erklingen, wird es im Saal vollkommen ruhig. Und ich selbst werde es zu meinem Erstaunen auch. Keine Spur von Tomatengesicht. Nur nicht den Einsatz verpassen, noch ein Takt: Einsatz!

„Weine nicht, wenn der Regen fällt, tamtam, tamtam", singe ich mit leicht zittriger Stimme los. Ich habe zwar keine besonders beeindruckende Stimme, kann aber sehr wohl eine Melodie halten. Sofern ich sie kenne.

Und diese Mitgröl-Nummer von Drafi Deutscher aus den 60ern kenne ich von den unzähligen Familienfeiern, bei denen Papa und Onkel Schorsch ihn voller Inbrunst geschmettert haben. Unterlegt mit Quetschkommode und Klampfe. In selige Erinnerungen an ihre Jugend schwelgend. Keine Frage, dass bei unserem letzten Urlaub bei der Karaoke-Nacht im Hotel Papa sich genau diesen bekannten Schlager ausgesucht und die gesamte Gästeschar in eine Art Riesenchor verwandelt hat.

Oh ja, wenn ich ein Lied von anno dazumal kenne, dann ist es dieses. Aber: Kommt es auch bei meinen Mitschülern an? Ich wage einen vorsichtigen Blick in die Menge, die allerdings noch keinerlei Regung zeigt. Geschweige denn Anzeichen von Begeisterung. Vielleicht hilft mir ja der Blickkontakt zu meiner Klasse? Und bei der Lautstärke noch ein Pfund draufpacken, Toni!

„Es gibt einen, der zu dir hält, tamtam, tamtam". Das ist der Moment, in dem der Funke endlich überspringt. Zunächst zu meinem Fanblock, in dem Sascha das zweite tamtam bereits laut mitgrölt. Während er die erste Zeile des Refrains noch alleine bestreiten muss (dass er ziemlich schräg singt, kratzt ihn dabei kein bisschen, so viel Selbstbewusstsein hätte ich auch gerne), fällt bei „ …aber unsere Liebe nicht!" der Rest der Klasse ein. Wie bei einem Steinwurf in ein

Gewässer, breitet sich die Zahl der Mitsänger kreisartig um die 7b herum aus. Am Ende brüllt nahezu der komplette Saal mit. Wer den Text nicht kennt, legt wenigstens in das tamtam, tamtam seine ganze stimmliche Kraft. Ich gebe mein Bestes und versuche bei den Refrains Blickkontakt zu Pauline herzustellen. Leider schaut immer nur Pia her.

Als die letzten Takte ausklingen, bin ich völlig geschafft. Von der Anstrengung und von den starken Gefühlen zwischen Angst , Erleichterung und Freude. Dass ich dann tatsächlich als Sieger ausgerufen werde und einen 20 Euro-Schein bekomme, zählt für mich nicht so viel wie mein persönlicher Erfolg: Die Selbstüberwindung, vor Hunderten von Schülern zu singen, und der Mut, das Risiko einzugehen, sich durch einen peinlichen Auftritt angreifbar zu machen und ausgelacht zu werden.

Nach der Preisverleihung werde ich von meiner Klasse je nach Können johlend, pfeifend und klatschend empfangen. „Coole Show, Toni!", klopft mir Timo anerkennend auf die Schulter. „Danke, Sascha!", wende ich an meinen Ober-Fan. „Ohne deine lautstarke Unterstützung hätte ich sicher nicht gewonnen." Und mit einem Blick in die Runde: „Danke euch allen!" Ich strahle fröhlich und nehme die Glückwünsche meiner Klassenkameraden entgegen. Paulines Lächeln, als sie mir gratuliert, ist meine eigentliche Trophäe. Kein Geld der Welt kann dieses Lächeln für mich aufwiegen, und daher verkünde ich: „Jetzt wollen wir doch mal sehen, wie viele Süßigkeiten wir von den 20 Euro für die 7b bekommen!"

Lauter Jubel brandet auf, während sich Eric mit Jonas als Berater und Helfer meinen Geldschein schnappt, um wenig später zur allgemeinen Begeisterung mit je zwei Eimern Popcorn und Schaumwaffeln sowie einer Familienbox Fruchtgummi zurückzukehren.

Angestachelt von meinem Erfolg beim Karaoke-Singen stürze ich mich zuversichtlich in den Tanzwettbewerb. Da ich meinen gesamten Mut-Vorrat als Drafi-Deutscher-Interpret bereits aufgebraucht habe, traue ich mich nicht mehr, Pauline zu fragen, ob sie sich zusammen mit mir an der Disziplin Pärchen-Tanz beteiligt.

Leider ist Jacob da weniger schüchtern, sodass ich zusehen muss, wie sich die beiden bis in die dritte Runde tanzen, wo ihnen das Ausscheiden dann mit einem Lebkuchenherz mit der Aufschrift „Wir sind ein tolles Paar" versüßt wird. Da muss ich schon schlucken.

Erst recht, als das tolle Paar seinen Preis sofort aus der Folie packt und abwechselnd davon abbeißt. Diese malerische Zweisamkeit sieht vertrauter aus, als es meiner Gefühlswelt guttut. Hey, jetzt wischt Pauline auch noch lachend einen Krümel aus Jacobs Mundwinkel weg, das geht eindeutig zu weit! Da ist sofortiges Eingreifen erforderlich! Wer weiß, wo das sonst noch hinführt? Ich gehe zu den beiden hin und frage sie: „Macht ihr beim Einzeltanzen auch mit?" Jacob wehrt ab: „Ich bin jetzt viel zu vollgefressen, um mich noch bewegen zu können!" Pauline schüttelt den Kopf und erklärt: „Freestyle ist nicht so mein Ding!"

Meines auch nicht. Aber das behalte ich lieber für mich. Nach außen hin niemals Schwäche zeigen.

Auf der Tanzfläche bin ich dann selbst mein größter Gegner. Die Mädchen-Konkurrenz ist schon durch, bei der Tina einen beachtlichen zweiten Platz ertanzt hat. Was sie den enttäuschenden Kostümwettbewerb schnell vergessen lässt. Dass sie sich insgeheim sogar noch mehr erwartet hat, verrät dann ihr bissiger Kommentar über die Siegerin.

„Kein Wunder, dass Alissa gewonnen hat! Ihr Vater hat schließlich extra einen Tanzlehrer engagiert, damit seine Tochter durch private Trainingsstunden möglichst gut auf den heutigen Wettbewerb vorbereitet wird."

Ein Tanzlehrer hätte bei mir jedenfalls auch ein ergiebiges Betätigungsfeld. Mit möglichst selbstsicherer Miene stampfe ich den Rhythmus mit.

Dass ich mich dabei genau einen Schlag neben dem Takt befinde, merke ich nicht einmal.

Unauffällig schiele ich zu meinen Rivalen auf der Tanzfläche, um einige Bewegungen aufzuschnappen, die ich dann mit einer gewissen zeitlichen Verzögerung ebenfalls vorführen könnte.

Leider klappt mein Plan nicht. Entweder bewegen sich meine Vorbilder von mir weg, zu schnell oder zu kompliziert. Keine Chance. Ich muss mit meinem eigenen, höchst überschaubaren Repertoire auskommen. Rechts links, rechts links, aufgelockert mit gelegentlichem Doppelschritt oder einem Vor-Zurück. Damit mein Auftritt dynamischer wirkt, biege ich in regelmäßigen Abständen den Oberkörper nach unten. Claas hat mir später erzählt, ich hätte dabei ausgesehen, als ob ich kotzen müsste.

Um auch meine Arme in das Gesamtkunstwerk einzubringen, schnipse ich entweder mit den Fingern, klatsche in die Hände oder strecke sie zwischendurch einfach kerzengerade in die Höhe. Dass ich dabei nicht lässig, sondern eher wie ein Tanzbär bei der Kita-Bespaßung ausgesehen habe, hat mir Claas ebenfalls erst im Nachhinein geflüstert.

Ein echter Freund eben. Immer die Wahrheit. Vielleicht wäre es der größere Freundschaftsdienst gewesen, wenn er mich rechtzeitig von der Tanzfläche geholt hätte.

Mitten im zweiten Lied (nach dem ersten bin ich überraschenderweise NICHT herausgewählt worden) beginnt mein Zylinder zu rutschen, da sich der Schaumstoffstreifen gelöst und nach innen verkrümelt hat.

Mit ruckartigen, unnatürlichen Kopfbewegungen versuche ich das Ungetüm in seiner natürlichen Position zu halten bzw. dahin zurückzubefördern. Weder will ich mit dem Teil auf der Nase wie ein Depp aussehen, noch im Blindflug auf der Tanzfläche umhersegeln. Umso mehr, als ich tänzerisch im linken vorderen Bühnenabschnitt unterwegs bin. Beim wilden Instrumentalteil des Songs passiert es dann: Ich verliere beim Kreiseln die Orientierung, denn der Zylinder raubt mir mal wieder die Sicht. Ich stolpere über meine eigenen Füße, verliere das Gleichgewicht und stürze.

Die Bühne hinunter. Mit einem lauten Schrei. Genau auf die Nase. Die sofort zu bluten anfängt. Weitere Schreie. Mein eigener vor Schmerz, Entsetzensschreie von Mädchen.

„Gebrochen ist nichts!", stellt der herbeigeeilte Sani in Person von Herrn Möller nach seiner Untersuchung meines beschädigten Riechorgans fest. Was für ein Trost.

Nach dem heutigen Abend kann ich nun Wendungen wie „in die Schulgeschichte eingehen" oder „Fallhöhe des Helden" mit Leben füllen.

Letzteres sogar im doppelten Sinn.

9) Unterstützung auf vier Pfoten

„Hast du auch die Beutel eingesteckt?",
vergewissert sich Frau Westermann schon zum
dritten Mal. Sie scheint noch aufgeregter zu sein
als ich bei meiner Hundesitter-Premiere. „Klar!",
beruhige ich die alte Dame und klopfe
bestätigend auf meine Jackentasche. „In einer
Stunde sind wir zurück!" Ich drehe mich um und
will los, doch Frau Westermann hält mich am
Jackenärmel fest. „Heute darf Daisy auf keinen
Fall von der Leine", schärft sie mir ein. Zum
vierten Mal. „Sie muss sich erst an dich
gewöhnen." Besorgter Blick auf die aufgeregt an
der Leine zerrende Dackeldame zu meinen
Füßen. „Keine Sorge, Frau Westermann, wir
beide werden viel Spaß haben, nicht wahr,
Daisy?".

Ich gehe in die Hocke und streichle Daisy über
ihren Kopf. Wöff, wöff, Schwanzwedeln. Das
nenne ich mal Begeisterung. Schnell flitzen wir
beide hinaus, ehe Frau Westermann uns noch
weitere Ratschläge auf unsere Gassi-Runde mitgeben kann.

Wie ferngesteuert peile ich mit meinem vierbeinigen Schützling den Geranienweg an. Mein vernünftiges Hirn warnt mich zwar, dass es keinen besonders cleveren Eindruck macht, immer wieder die Straße vor dem Haus der Herzdame auf und abzulaufen, mein verliebtes Hirn hält aber dagegen, dass alle Mädchen in Tiere vernarrt sind und ich daher mit Daisys Hilfe vielleicht Zugang zu Paulines Herz bekommen kann. Toni Fischer als tierfreundlicher Helfer einer gehbehinderten Seniorin kommt bei gefühlvollen Mädchen sicher gut an.

Ich schiele unauffällig zur 21 und wünsche, ich könnte die Haustür mittels meiner Gedanken öffnen und Pauline herausschweben lassen.

Bei unserer siebten Runde ist es endlich soweit. Die Tür geht auf, und Pauline kommt heraus. So weit, so gut.

Allerdings stapft sie missmutig in meine Richtung. „Mama hat dich beobachtet", fängt Pauline an. Wie buchstabiert man peinlich? „Ich soll dich fragen, ob du irgendwie Hilfe brauchst, ob du vielleicht was verloren hast, oder so." Ja, mein Herz, an dich, könnte ich antworten, aber

138

da solche Sprüche nur in amerikanischen Spielfilmen klappen, lasse ich es lieber sein und begnüge mich mit Rotwerden. Ich schüttle den Kopf und suche nach einer glaubwürdigen Antwort. Leider fällt mir keine an, sodass ich weiter wie ein stummer Trottel herumstehe. Aus meiner unangenehmen Lage gerettet werde ich durch einen plötzlichen Themenwechsel.

„Ich wusste gar nicht, dass du so eine hässliche Töle hast, Fischer!", höre ich die gehässige Stimme von Morten aus der 9a hinter mir. Als ich mich zu ihm umdrehe, sitzt er lässig Kaugummi kauend auf seinem Fahrrad. Der Lederball auf seinem Gepäckträger verrät, dass er seinen Freund Finn, der am Ende der Straße wohnt, zum Fußballspielen abholen will. „Ich glaube, ich habe noch nie in meinem Leben so ein schreckliches Vieh gesehen!", setzt er noch eins drauf, um mich zu reizen. Das schreckliche Vieh kläfft empört. Wenn Daisy sich wehrt, kann ich das auch.

„Erstens gehört der Hund einer alten Nachbarin und ich führe ihn nur regelmäßig aus", erkläre ich und wage danach sogar noch einen Konter: „Und zweitens sind Rauhaardackel viel schöner als Möpse oder Kampfhunde." Kläfft Daisy jetzt zur Bestätigung oder aus Dankbarkeit? Morten kneift die Augen feindselig zusammen und zischt wütend: „Lass das bloß nicht Leif hören, Kleiner, das würdest du bereuen!" Leif ist Mortens älterer Bruder. Leif wird doch keinen Kampfhund haben und Morten eine Petze sein? Meine Knie geben etwas nach.

„Ich finde ihn niedlich", erklärt da Pauline und entschärft damit die angespannte Situation. Zärtlich krault sie Daisy unter der Schnauze und bekommt dafür die Finger abgeschleckt. „Hey, nicht so stürmisch!" Lachend wehrt sie die zudringliche Dackeldame ab. Glück gehabt. Andere Mädchen hätten vielleicht zickiger reagiert. „Bäh, ist ja eklig!" Morten verzieht angewidert das Gesicht. „Hundesabber!"

„Gibt´s hier was umsonst?" Finn blickt fragend in die Runde. Er hat am Fenster nach Morten Ausschau gehalten, sich gewundert, dass sein Freund mit einem Male Halt gemacht hat, und ist ihm daher kurzentschlossen mit seinem Mountainbike entgegengekommen. „Fischer spielt den Hundeversteher, um mit dieser Nummer Weiber aufzureißen!", tönt Morten großspurig vor seinem Freund, der ihn bei einem Gespräch mit zwei Siebtklässlern erwischt hat.

Mit solchen Sprüchen wird dir das selbst sicher nicht gelingen, denke ich leise und sage laut zu meinem Schützling: „Komm, das Frauchen wartet!" Doch Daisy denkt gar nicht daran zu kommen, sondern bleibt sitzen und strahlt Pauline auffordernd an. „Wie ein Hundeversteher sieht das aber nicht gerade aus!", spottet Finn. Und wieder lenkt Pauline ab: „Wie heißt er denn?" ER, der eine SIE ist, schnuppert begeistert an Paulines Schuhen und springt dann an ihrem Bein hoch. Oder besser gesagt versucht es.

„Sie heißt Daisy!", antworte ich. „Was für ein bescheuerter Name!" Morten will sich beinahe kaputt lachen. „Kein Mensch mit einem Funken Verstand nennt seinen Hund nach einer Comic-Ente!" Das kann ich nicht auf Frau Westermann sitzen lassen! „Die Besitzerin hat sie nach ihrem Lieblingsfilm benannt!" Jetzt glotzen Morten und Finn verständnislos. „Ich kenne keinen Film mit diesem Namen!", wundert sich Finn.

Mich wundert das nicht. Banausen wie ihr schauen ja auch keine Filmjuwelen wie *Miss*

Daisy und ihr Chauffeur, sondern sicher nur hirnlose Haudrauf-Streifen. Wie schön, dass die Gedanken frei sind, freue ich mich im Stillen.

„Daisy passt voll gut zu ihr!", meint Pauline und krault die Hundedame erneut. Diesmal zwischen den Ohren. Diesmal gibt es kein wildes Abschlecken, denn die Hundedame ist gerade damit beschäftigt, ganz undamenhaft eine Wurst abzudrücken. Die dampfend haarscharf neben Paulines rechtem Fuß landet.

„Igitt!" Rasch macht Pauline einige Schritte zur Seite. „Jetzt musst du die Kacke aber brav aufheben, Fischer", fordert mich Morten auf. „Sonst müssen wir die Bullen rufen!" Finn lacht. Ich schlucke. Pauline schaut mich gespannt an. Ich bin in einer Lose-Lose-Situation: Lasse ich Daisys Hinterlassenschaft einfach liegen, verärgere ich Paulines Familie, da sich die Tretmine genau auf dem Gehweg vor ihrem Haus befindet. Hebe ich sie auf, werden die beiden Hirnlosen eine Show daraus machen. Ich blicke zu Pauline. Die auffordernd zurück.

Eine echte Wahl habe ich ohnehin nicht gehabt: Erstens würde ich bei einem Verhör von Frau

Westermann mit einer Lüge nicht bestehen können und zweitens bin ich tatsächlich so spießig, dass ich das auch mache, was Regeln mir vorschreiben. Papas Lektion hat mich überzeugt: Menschliches Zusammenleben funktioniert nur, wenn es Regeln gibt, die von allen eingehalten werden. Seine Beispiele aus Straßenverkehr, Familie und Schule sind überzeugend gewesen. Also braver Junge statt coolem Typ.

Als ich in die feixenden Fratzen von Morten und Finn blicke, kommt mir eine Idee. Ein Geistesblitz. Ich werde sie mit ihren eigenen Waffen schlagen und meinerseits eine Show inszenieren. Ich fasse mit der Hand in meine rechte Jackentasche mit den schwarzen Hundebeuteln und hole nicht einen, sondern zwei heraus, dazu Daisys Lieblingsspielzeug, einen rosa Gummiknochen.

„Dann werden wir dein Geschäft mal eben wegzaubern, altes Mädchen!", erkläre ich in Daisys Richtung und werfe ihr den Knochen vor die Füße. Das Ablenkungsmanöver klappt wunderbar.

Während mein Publikum Daisys wilden Freudentanz verfolgt, stecke ich heimlich die beiden Hundebeutel ineinander und stülpe sie mir über die Hand. Gerade schnell genug.

„Lenk mal, nicht ab, Alter!", dreht sich Morten schon wieder in meine Richtung. „Von wegen Zaubern! Als ob du Knalltüte auch irgendetwas Besonderes kannst!" Ebenso Beifall heischend wie aufstachelnd schaut er erst Pauline und danach Morten an.

Der legt gleich nach: „Brav das Kacki-Kacki aufheben, das ist bestimmt noch schön warm, ist doch angenehm, in dieser Jahreszeit etwas Warmes in die Hände zu bekommen!" Sein gehässiges Lachen dröhnt in meinen Ohren. Die sich zwar puterrot anfühlen, sich aber glücklicherweise unter meiner Mütze verstecken können.

Schließlich reißt mich Paulines erwartungsvolle Miene aus der Starre, und ich lege mit meiner Show los. „Abrakadabra", setze ich mit beschwörendem Tonfall an. „Nur noch wenige Augenblicke, dann …" Ich mache eine Kunstpause, um extra tief Luft holen zu können.

„Jetzt tue nicht so spannend, sondern mach endlich mal!", fordert mich ein sichtlich genervter Morten auf. Gut, überredet, bringen wir es hinter uns. Ich bücke mich und greife blitzschnell nach Daisys Hinterlassenschaft. „Bäh! Ist das ekelhaft!", schüttelt sich Finn und verzieht angewidert das Gesicht.

„… dann verschwindet das Objekt auf Nimmer-wiedersehen!", vollende ich meinen Spruch, stecke den Beutel in meine Innentasche und ziehe die Hand sofort wieder heraus.

„Und schon ist die Scheiße weg!", triumphiere ich und zeige den verblüfften Helden aus der Neunten meine Hand mit dem leeren, da zweiten Beutel. „Was jetzt?", wundert sich Morten. „Liegt die Scheiße jetzt einfach so in deiner Jacke? – Das ist ja voll krank!"

Sein fassungsloser Blick wechselt Richtung Entsetzen. Er schüttelt sich und weicht einen großen Schritt nach hinten von mir, dem Monster, weg. „Die Tasche ist wirklich leer!", behaupte ich. „Du kannst gerne nachschauen! Oder besser gesagt nach-greifen!" Mein Angebot bringt mich nicht in Gefahr. Entweder trauen sich die beiden Großmäuler erst gar nicht, ihre Hand in meine Jackentasche mit dem vermeintlichen Hundehaufen zu stecken oder sie wagen es doch und werden nichts finden. Weil die Tasche nämlich leer ist. Denn ich kann natürlich nicht zaubern, so wie alle Zauberer, ich habe einfach einen Trick benutzt: Wohl wissend, dass das Loch im Futter meiner Jackentasche mittlerweile das Ausmaß einer halben Hand eingenommen hat, habe ich das Beutelchen rasch möglichst weit in den Riss hineingeschoben, sodass bei einem flüchtigen Hineingreifen tatsächlich nichts zu finden ist. Es sei denn, man würde wirklich gründlich abtasten. Was Morten und Finn sicher nicht tun werden.

„Na, was ist jetzt", hake ich nach. „Wollt ihr nun nachschauen oder nicht?" Es ist eindeutig, dass ihnen mein siegesgewisses Lächeln nicht behagt. Fragende Blicke huschen hin und her. Unschlüssiges Auf-der-Stelle-Treten. Selbstbewusster, als ich mich tatsächlich fühle, schiebe ich den beiden Möchtegern-Helden den schwarzen Peter zu: „Seid ihr etwa zu feige?". Das war das Stichwort. „Blödsinn!", schnaubt Finn und schießt wie von der Tarantel gestochen auf mich zu. In grob geschätzten vier Zehntelsekunden schnellt seine rechte Hand in meine Jackentasche, um gleich darauf wieder herausgerissen zu werden. „Die ist tatsächlich leer!", staunt er. Ein Schnappschuss von seinem Gesicht würde mir auf dem Pausenhof 1000 Bewunderungspunkte einbringen oder Geld in die Kasse, sollte ich fürs Anschauendürfen Geld verlangen. Nur wieviel?

„Komm, Kumpel", lenkt nun Morten seinerseits ab und verpasst Finn einen Fausthieb auf den Oberarm. „Lass und jetzt mal wirklich Spaß haben und zum Fußballplatz fahren!" Hätte nicht ausgerechnet in diesem Moment Pauline laut losgelacht, wäre die unangenehme Begegnung endlich vorbei gewesen. So leider nicht.

Von einer Siebtklässlerin, vor der man eigentlich den coolen Macker geben und ihr imponieren wollte, nach einer gefühlten Niederlage ausgelacht zu werden, ist eine Schmach, die man nicht einfach hinnehmen kann. Finn macht auf der Stelle kehrt und baut sich vor Pauline auf. „Was ist hier so lustig, du blöde Hexe?", giftet er Pauline an, packt sie an der Jacke und zieht sie bis auf wenige Zentimeter zu sich heran. Ist ja klar, dass diesem Dünnbrettbohrer nichts anderes einfällt, als sie wegen ihrer roten Haare zu ärgern. „Hier war gar nichts, was man irgendjemandem erzählen könnte, kapiert?"

Er verleiht seiner Drohung Nachdruck, indem er den Griff in einer Aufwärtsbewegung verstärkt, sodass sein Opfer auf die Zehenspitzen gezwungen und leicht gewürgt wird. Gespannt halte ich den Atem an. Was würde als nächstes passieren? Eigentlich müsste ich jetzt meiner Herzdame als unerschrockener Ritter zu Hilfe eilen. Doch irgendwie versagen mir meine Beine den Dienst. Meine Stimme ebenfalls. Die dringend benötigte Unterstützung kommt dann von völlig unerwarteter Seite. Ein wütendes Kläffen, ein beherztes Festbeißen an Finns Hosenbein lösen die Schrecksekunde in Wohlgefallen auf. „Lass los, du blödes Vieh!", schüttelt Finn die mutige Daisy grob ab und trollt sich mit Morten unter lautem Fluchen davon. Endlich.

„Danke, Daisy!", murmelt Pauline erleichtert und belohnt ihre vierbeinige Retterin mit einer Extraportion Streicheleinheiten. Die hätte ich auch gerne gehabt. Ein kurzes Tschüss und weg ist sie. Nichts wie rein ins sichere Zuhause. Ich kann es ihr nicht einmal verdenken. „Komm,

Daisy, wir gehen jetzt auch heim zu Frauchen!"
Frau Westermann empfängt uns bereits gespannt
an der Haustür. „Ich habe schon auf euch
gewartet, wo wart ihr nur so lange, ich hätte mir
gleich Sorgen gemacht!" Mit zunehmendem
Redeschwall wird ihr vorwurfsvoller Ton wohl
wegen der Erleichterung milder. „Habt ihr euch
gut verstanden und tolle Sachen erlebt?"

Ich nicke, Daisy wedelt mit ihrem Schwanz und
hechelt. Wie gut, dass sie nicht reden kann.

Am selben Nachmittag schaue ich bei Claas
vorbei, um gemeinsam abzuhängen. Leider hat
er wegen des Besuchs irgendeines Onkels samt
Anhang keine Zeit für mich. Gleich wieder nach
Hause will ich nicht, das würde irgendwie nach
Niederlage schmecken. Wie eine willenlose
Marionette zieht es mich erneut in den
Geranienweg. In Höhe von Nummer 21 streiken
dann meine Füße plötzlich und bewegen sich
keinen Millimeter mehr weiter. Ich weiß, dass ich
weitergehen muss, um nicht schon wieder die
Aufmerksamkeit von Familie Seeliger zu erregen
oder – schlimmer noch – den Ärger von Pauline
oder irgendeinem anderen Familienmitglied
heraufzubeschwören.

Als ich versuche, möglichst unauffällig Richtung Wohnzimmerfenster zu schielen, glaube ich eine Bewegung hinter dem Vorhang wahrzunehmen. Jetzt aber nichts wie weg! Doch meine Füße scheinen plötzlich Wurzeln geschlagen zu haben, ich klebe an Ort und Stelle fest. Wenn mir schon meine Laufwerkzeuge den Dienst versagen, muss ich wenigstens ein Suchmanöver vortäuschen. Angestrengt starre ich auf den Boden und lasse meinen Blick suchend umherschweifen. Hoffentlich sieht das auch einigermaßen echt aus.

Da, auf einmal sind hinter mir Geräusche zu hören: Eine Tür wird geöffnet, Schritte nähern sich, ein tiefer Atemzug, dann die vertraute Stimme: „Mein Vater schickt mich, ich soll den Spanner aus meiner Klasse entweder wegschicken oder reinholen. Damit die liebe Frau Klawitter nicht irgendwelchen Tratsch verbreitet." Den Spanner und die Sorge um das Gerede blende ich aus. Ich höre nur reinholen.

Das nennt sich wohl eingeschränkte Wahrnehmung. Reinholen hört sich prima an. Ich drehe mich zu Pauline um und strahle sie an. Ihr genervter Gesichtsausdruck signalisiert mir jedoch unmissverständlich, dass Reinholen aus ihrer Sicht nicht wirklich eine Möglichkeit darstellt. Mein Lächeln verrutscht etwas angesichts dieser Erkenntnis. „Diesmal suche ich wirklich etwas, das ich verloren habe", behaupte ich mit einem hilflosen Schulterzucken. „Und waaas?", fragt Pauline gedehnt. Oh je, hört sich irgendwie genervt an. Hilfe, nun brauche ich schleunigst einen Geistesblitz, um aus dieser Nummer wieder einigermaßen unbeschadet herauszukommen.

„Daisy!", entfährt es mir. „Daisy?" Pauline reißt ungläubig ihre Augen auf. So riesenmurmelgroß sehen sie noch schöner aus. „Wie kann man nur einen Hund verlieren?!?" – „Nein, ich meine nicht Daisy selbst", stottere ich unbeholfen und warte auf eine Eingebung, die glücklicherweise tatsächlich kommt. „Ihr Spielzeugknochen. Wir müssen heute Morgen hier ihren Knochen verloren haben." Daisys Problem scheint Pauline zu überzeugen. Und besser noch: Ihre Hilfsbereitschaft zu wecken! „Ich helfe dir beim Suchen", bietet sie an. „Lass uns einfach den Weg hier abgehen, den ihr entlanggegangen seid. Vier Augen sehen mehr als zwei!" Fast bekomme ich ein schlechtes Gewissen, weil ich sie so unverfroren angelogen habe. Ich ordne meine Aktion in die Rubrik Notlüge ein, die ja nichts Schlechtes sein muss, wie uns Frau Tietze erst kürzlich im Ethikunterricht anhand verschiedener Beispiele erläutert hat.

Während wir nebeneinander den Fußgängerweg bis zur nächsten Querstraße entlangschlendern, scannen wir konzentriert den Boden und das Gelände daneben ab. Natürlich vergebens, aber das muss ich Pauline ja nicht auf die Nase binden. Ich genieße die unerwartete Zweisamkeit einfach und wünschte mir, wir würden ewig so weiter gehen. Hand in Hand in den Sonnenuntergang. Seufz! „Alles in Ordnung mit dir?", erkundigt sich Pauline und schaut mich von der Seite an. Ein Stück weit besorgt. Oh je, habe ich etwa laut geseufzt? Ich nicke kurz, da ich vor Scham und Nervosität sicher keinen Ton herausbekommen hätte. Ein Krächzen vielleicht.

„Ich glaube, den Knochen finden wir nicht mehr", meint Pauline dann. „Den hat sich bestimmt ein anderer Hund geschnappt." Jetzt ist es Pauline, die seufzt. Allerdings vor Enttäuschung. „Vielleicht hast du ja auf dem

Heimweg noch Erfolg", wünscht sie mir. Ihr Ton verrät, dass sie selbst nicht daran glaubt.

„Ich geh dann mal wieder zu meinen Leuten und berichte ihnen von dem Nicht-Spanner! Tschüss, bis morgen!" Sie lacht. Weshalb lacht sie jetzt bloß? Aus Belustigung? Aus Verlegenheit? Weil sie die Vorstellung von mir als einen Spanner komisch findet? Oder einfach so? Vielleicht will ich die Antwort überhaupt nicht wissen. „Tschüss." Mehr fällt mir nicht ein. Erwartet sie noch etwas? Nein, sie wendet sich ab und geht Richtung Elternhaus.

Ich blicke ihr nach. Sehnsüchtig. Glücklich. Verwirrt. Und verwirrt beobachte ich, dass Pauline plötzlich stehen bleibt. Sie scheint einem Geräusch zu lauschen und blickt sich suchend um. Die Gelegenheit für mich, die Trennung noch ein wenig aufzuschieben!

„Was ist los?", rufe ich ihr zu. „Ich habe ein Maunzen gehört", entgegnet sie. Es ist ihr glücklicherweise gar nicht aufgefallen, dass ich immer noch genau an der Stelle stehe, wo sie sich von mir verabschiedet hat. „Aber ich sehe keine Katze!" – „Aus welcher Richtung kam denn das

Maunzen!", erkundige ich mich und laufe zu ihr hin. Doch ehe Pauline antworten kann, höre ich das Maunzen ebenfalls. Es kommt eindeutig von oben. „Das kam aus einem der Bäume", stelle ich fest und zeige auf den Garten von Haus Nummer 19.

„Das muss Nelly sein! Die Katze von Frau Gerber!" Aufgeregt blickt Pauline in die einzelnen Baumkronen. „Frau Gerber ist unsere andere Nachbarin, sie ist dieses Wochenende bei ihrem Sohn zu Besuch. Ich füttere Nelly dann immer, wenn sie weg ist. Oh je, wir müssen sie finden! Hoffentlich ist ihr nichts passiert" Der erklärende Ton kippt unversehens ins Panische. Na, wenn da nicht meine Hilfe zur rechten Zeit gefragt ist!

„Keine Panik, das kriegen wir schon hin!", behaupte ich und ich muss sagen, dass sich das „wir" sehr gut anhört und anfühlt. Man könnte sich glatt daran gewöhnen. „Da ist sie!", unterbricht Paulines Ausruf meine Gedanken-gänge und sie zeigt in eine Kiefernkrone. „Siehst du sie? Weil Nelly schwarz ist, kann man sie kaum erkennen!" Was die einsetzende Dämmerung noch erschwert. „Nelly, Süße, komm zu uns herunter!", versuche ich mit gurrender Stimme das Katzenvieh von seinem Hochsitz herunter zu locken. Null Reaktion seitens der Aufgeforderten. „So wird das nichts", erklärt Pauline nun. „Katzen klettern oft irgendwo hinauf und dann haben sie Angst vor dem Rückweg! Manchmal kann da nur die Feuerwehr helfen!" Die Feuerwehr rufen wegen einer dämlichen Katze, die sich freiwillig in luftige Höhe begeben hat, um anschließend an ebenso überraschender wie unheilbarer Höhenangst zu leiden? Nie im Leben!

„Das kommt überhaupt nicht in Frage", widerspreche ich. „Ich hole sie herunter!" Ein unbedacht geäußerter Satz, den ich alsbald bereuen sollte. „DU?" Pauline schaut mich skeptisch an. „Klar", entgegne ich großspurig. „Ich bin zwar keine Sportskanone, aber auf einen Baum klettern kann ich allemal!" Entschlossen nähere ich mich der Kiefer und blicke nach oben. Ganz schön hoch. Ich schlucke. Jetzt keine Schwäche zeigen. Wenn man erst einmal den untersten Ast erreicht hat, sieht das Ganze ziemlich entspannt aus. Wie gesagt, wenn. Obwohl sich mein Ziel nur etwa einen Kopf über meinem befindet, komme ich mir wie ein Zwerg vor.

„Ganz schön hoch!", bemerke ich scharfsinnig. Pauline schaut mich daraufhin mit einem Blick an, den ich nicht deuten kann. Irgendetwas zwischen entsetzt, fassungslos oder belustigt. „Eine Leiter wäre für den Anfang nicht schlecht", schlage ich vorsichtig vor. „Die kannst du haben", entgegnet Pauline und bildet mit ihren Händen eine Räuberleiter.

„Schau aber zuerst einmal nach, ob du Hundedreck an deinen Schuhen hast, das muss ich jetzt wirklich nicht haben!" Die Kontrolle ergibt negativ. Also los.

Ich setze meinen linken Fuß in Paulines Räuberleiter und stoße mich kraftvoll nach oben ab, in der Hoffnung, dass mein Schwung einerseits ausreicht, um den untersten Ast zu erwischen, andererseits aber nicht zu stark ist, um Pauline weh zu tun. Es klappt. Wenn man es klappen nennen kann, dass ich jetzt wie ein nasser Sack über dem untersten Ast hänge und vorsichtig meine Bewegung ausbalanciere, um nicht sofort wieder vornüberzukippen und wie überreifes Fallobst neben Paulines Füßen zu landen. Vermutlich eher unsanft. Im Zeitlupentempo richte ich mich auf und gelange so in den Stütz wie am Reck. Wo ich regelmäßig eine erbärmliche Figur abgebe. Ich verdränge den Gedanken daran und konzentriere mich auf meine jetzige Aufgabe.

Vorsichtig schwinge ich das rechte Bein über den Ast und greife danach mit der linken Hand zum nächsten Ast über mir, um mich besser festhalten zu können. Geschafft. Von nun an müsste die Rettungsaktion ein Kinderspiel sein. „Nelly sitzt jetzt noch drei Äste über dir, kannst du sie sehen?", ertönt Paulines Stimme unter mir. Ich nicke kurz, weil ich meiner Stimme im Moment nicht trauen kann. Langsam arbeite ich mich weiter nach oben. Nach unten schaue ich lieber nicht, bevor mir irgendwelche Bedenken à la „Worauf hast du dich nur eingelassen, bist du sicher, dass du das schaffst?" kommen könnten.

Auf meinem mühevollen Weg nach oben ist der Ast, der zurückschnellt und mir seine Nadeln ins Gesicht klatscht, ebenso wenig motivierend wie die verharzte Astgabel, an der ich mir die Hände und die Jacke verklebe. Endlich bin ich auf

Augenhöhe mit dem dummen Katzenvieh. Schmale grüne Augen blicken mich misstrauisch an. Zumindest deute ich den Ausdruck so, denn dankbar oder erleichtert sieht anders aus. „Komm her, Miezekatze", schnurre ich in Nellys Richtung und strecke dabei einladend meine rechte Hand aus. Doch die Miezekatze faucht und fährt ihre Krallen aus. Ehe ich mich versehe, hat sie meinen Handrücken mit einer roten autobahnähnlichen Spur verziert, aus der auch schon die ersten Blutstropfen quellen. „Aua!", entfährt es mir. Dramatisch laut, um Pauline zu zeigen, was ich Schlimmes auf mich nehmen muss. Und drei Stufen leiser zu mir selbst: „Scheißvieh!" – „Alles in Ordnung mit Nelly?", erkundigt sich die besorgte Stimme meiner Herzdame von unten. Mit Nelly?!? Warum fragt sie nicht nach mir?!?

„Ja, ich habe sie gleich", antworte ich. Eine Spur zu zuversichtlich, denn als ich mich Nelly nähere, weicht sie zurück. Ich muss den Überraschungsmoment ausnutzen und sie dann blitzschnell packen. Ich verharre regungslos und versuche sie erneut zu locken. „Komm, Süße, komm!" Und sie kommt tatsächlich näher. Geduldig warte ich ab, bis sie sich in Sicherheit wiegt. Im Stillen zähle ich nochmal langsam bis Zwanzig, um mich selbst sicher zu fühlen. Jetzt. Bei Drei. Eins, zwei, drei. Meine rechte Hand schießt vor, Nelly faucht und schlägt mir ihre Pfote ins Gesicht. Selbstredend mit ausgefahrenen Krallen. Vor Schreck verliere ich das Gleichgewicht und purzle eine Etage tiefer im Baum, wobei sich mein linkes Hosenbein an einem abgebrochenen Ast verhakt und mit einem hässlichen Ratsch zerreißt. Der Schreck beschleunigt meinen Herzschlag in den Turbo-Bereich.

Diese Schmach, gegen eine ungemütliche Katzendame den Kürzeren zu ziehen, kann ich jedoch nicht auf mir sitzen lassen. Also zweiter Versuch. Langsam erobere ich das verloren gegangene Gebiet zurück, bis ich mich erneut auf Augenhöhe mit meinem Zielobjekt befinde. Diesmal will ich es auf die harte Tour versuchen. Ich schätze den Abstand zwischen der Katze und mir ein und gehe in Gedanken meinen spontanen Plan durch, sie mit einem Hechtsprung außer Gefecht zu setzen, indem ich mich mit meinem Körper auf sie werfe und sie dann irgendwie am Genick zu packen und mit dem gehörigen Sicherheitsabstand nach unten zu bringen.

Über das Irgendwie hätte ich mir lieber vor der Umsetzung mehr Gedanken machen sollen. Doch hinterher ist man bekanntlich immer klüger.

Ich fixiere Nellys Blick, um ihr zu zeigen, dass ich keine Angst vor ihr habe. Im Gegenteil, sie soll ihrerseits mir gegenüber Unterwerfung zeigen. Soweit meine Theorie. Positiv denken, rede ich mir selbst Mut zu. Ein guter Plan funktioniert auch in der Praxis. Hoffentlich. Ich zähle wieder im Stillen bis Drei, katapultiere mich nach vorne, fliege wie ein Torwart auf Nelly zu, um sie unter mir zu begraben. Doch bereits im Flug sehe ich, dass mein Zielobjekt Reißaus nimmt und auf einen anderen Ast springt, während ich nicht nur eine schmerzhafte Landung hinlege, sondern das Gleichgewicht verliere, mich an einem Ast festhalten will, der jedoch abbricht, sodass mich mein Schwung zwischen den Ästen weiter nach unten befördert, um das letzte Stück im freien Fall zurückzulegen, bis ich unsanft auf dem Boden aufschlage.

Ehe ich meine Knochen sortieren oder die sanfte Fürsorge Paulines genießen kann, vernehme ich ihre Stimme, die voller Entzücken ruft: „Nelly!"

Die schwarze Katzendame ist nämlich in der Zwischenzeit äußerst anmutig alleine heruntergeklettert. Die Mühe hätte ich mir also sparen können. „Geht es dir gut?", erkundigt sich Pauline, nimmt sie auf den Arm und streichelt sie überaus zärtlich.

Hey, und was ist mit mir, dem unerschrockenen Helden? Danach wendet sich Pauline endlich mir zu. „Alles in Ordnung bei dir, Toni?" Ich nicke. „Alles halb so schlimm!", behaupte ich und rappele mich auf. Die körperlichen und materiellen Schäden würde ich in Ruhe zu Hause begutachten und beheben.

„Danke für deinen Einsatz!" Pauline lächelt, winkt mit der freien Hand und eilt Richtung Haustür. Ich mache das Gleiche. Allerdings leicht humpelnd und bedeutend langsamer. So habe ich wenigstens Zeit, mir für meine Familie eine glaubwürdige Geschichte auszudenken. Denn mein Zustand hat eindeutig Erklärungsbedarf.

10) Freundschaftsdienste

Wer den Schaden hat, braucht für den Spott nicht sorgen. Wie wahr, wie wahr. Ich hasse Redewendungen. Erst recht, wenn sie zutreffen.

Ich habe gestern dann doch einfach die Wahrheit erzählt. Als Mama mir die Tür geöffnet hat, ist sie glücklicherweise nicht in Ohnmacht gefallen. Außer dem erwarteten Ausruf „Wie siehst du denn aus!" in leicht schriller Tonlage ist sie erstaunlich ruhig geblieben. Allerdings sprach ihr Gesichtsausdruck Bände, er wechselte zwischen Erschrecken und Erleichterung hin und her.

Papas leicht begeistert klingende Frage „Hast du dich mit Claas geprügelt?" (Ich habe mich noch nie in meinem Leben mit einem anderen Jungen geprügelt, ich kenne meine Grenzen und pflege lieber die Rechtzeitig-das-Weite-Suchen-und-das-möglichst-schnell-Strategie) habe ich leider enttäuschen müssen.

Wenigstens ist Jo unterwegs gewesen und hat mich erst abends in wiederhergestellter Form gesehen, sodass sich ihre Bemerkung auf ein „Du wirst doch nicht etwa gegen eine Katze verloren haben?" beschränkt hat, was höchstens einer Zwei auf ihrer 10er-Bissigkeits-Skala entspricht. Natürlich habe ich ihre blöde Frage nicht beantwortet, man darf auch in der Niederlage nicht seinen Stolz verlieren.

Etwas Gutes hat mein unfreiwilliges Freiflug-erlebnis dann doch gehabt: Ich bin die letzte von meiner Mutter ausgesuchten und daher eher braven als coolen Hose losgeworden. Da nimmt man fast gerne ein paar Schrammen und blaue Flecken in Kauf.

Insgeheim habe ich gehofft, mich im Klassenzimmer im allwöchentlichen Montags-Wochenendstorys-Erzählwettbewerb wegducken zu können. Fehlanzeige. Anscheinend haben die Jungs allesamt entweder spielfrei gehabt, akuten Taschengeldmangel, Verwandtenbesuch wie Claas oder Hausarrest. Jedenfalls schwingen sie keine lautstarken Angeber-Reden, sondern hängen gelangweilt auf den Tischen herum.

Bis ich das Klassenzimmer betrete und Timo mich erblickt. „Schaut euch Toni an!", prustet er lauthals los und zeigt mit dem Finger auf mich, was gar nicht nötig gewesen wäre, da sich bereits

163

alle wie auf Kommando in meine Richtung drehen. „Hast wohl zu wild geknutscht, Alter!" Allgemeines Gelächter.

Während ich die blauen Flecken und Schürfwunden, die ich mir beim unkontrollierten Purzeln durch das Geäst zugezogen habe, gut unter den Pulloverärmeln und den Hosenbeinen verstecken kann, leuchten die Kratzspuren auf Handrücken und im Gesicht auffallend wie feuerrote Zierstreifen.

Jos Vorschlag, mir ein abdeckendes Make-up zu verpassen, habe ich dankend abgelehnt. So tief bin ich noch nicht gesunken.

Mit einer positiven Einstellung lassen sich die Wunden auch als Kampf-Trophäe bezeichnen. Wie der Kampf ausgegangen ist, muss ja niemand erfahren.

„War wohl ´ne Kratzbürste gewesen?", gibt jetzt Lennart seinen Senf dazu und brüllt selbst am lautesten vor Lachen über seinen in meinen Ohren mehr als lahmen Witz. „Darf ich dir einen Tipp geben, so von Mann zu Mann? Such dir lieber ein schnurrendes Schmusekätzchen!" Erneutes Gejohle.

Mit einem schiefen Lächeln trotte ich zu meinem Platz und lasse mich leise ächzend – meine Kehrseite ziert jetzt ein Bluterguss von beträchtlichem Ausmaß, was nach der Bruchlandung auf dem winterharten Boden kein Wunder ist – auf meinen Stuhl sinken. Warum soll ich erzählen, was tatsächlich passiert ist? In meiner Lage kann ich doch nur verlieren: Entweder würden sie mir nicht glauben oder sich weiter lustig machen. Da kann ich auch gleich den Mund halten und ihre Sprüche ignorieren.

Doch ich habe nicht mit Pauline gerechnet, die sich nun zu Wort meldet und einfach sagt, woher meine Blessuren stammen: „Toni hat eine Katze aus einem Baum gerettet." Punkt. Aus. Kein Wort davon, dass es nur ein Versuch gewesen ist. Aber das Beste setzt sie hintendran: „Damit nicht die Feuerwehr gerufen werden musste." Feuerwehr hört sich gut an, nach Drama und großer Gefahr, einige Mienen der Jungs zeigen sich beeindruckt. Der Gong zur ersten Stunde lässt keine weiteren Fragen zu, und bis zur Pause ist die Geschichte bereits wieder Geschichte.

Nur Claas legt eine Hartnäckigkeit an den Tag, die ich ihm so nicht zugetraut hätte. Er bombardiert mich im Flüsterton mit Fragen zu den Einzelheiten: „Wann ist das passiert? Wo fand die Aktion statt? Wie hoch war der Baum? Geht es der Katze gut? Wem gehört die Katze? Wieso weiß Pauline davon? Warum war sie dabei?"

Ich antworte jeweils so knapp wie möglich. Einerseits, um Mathe-Baumann nicht zu reizen, andererseits, um Claas auf Distanz zu halten, will heißen, ihm mein derzeitiges Gefühlsleben nicht auf die Nase zu binden. Zumal ich da zurzeit nicht einmal selbst immer ganz durchblicke. Ich kann Claas richtiggehend ansehen, wie es in seinem Kopf rattert.

Als sich plötzlich ein breites Grinsen in seinem Gesicht ausbreitet, weiß ich, dass es von nun an mit meinem süßen Geheimnis vorbei ist. Aber vielleicht könnte ein Mitwisser auch eine Hilfe sein? „Du bist in Pauline verknallt!", entfährt es ihm dann auch prompt. Zwar im Flüsterton, der sich in meinen Ohren aber wie ein Schreien anhört. Anscheinend ist es tatsächlich ein Flüstern gewesen, denn weder Pauline noch Merle, die in unserer Nachbarschaft sitzen, zeigen eine Reaktion. „Könnten die Herren

Fischer und Ewers ihre Vertraulichkeiten bitte in der Pause weiter austauschen?", tarnt nun Mathe-Baumanns verärgerter Bass seine Aufforderung in eine vermeintliche Frage. Schadenfrohe Grimassen all überall. Meine Erleichterung über das Ende von Claas' Verhör wird wohl auch nur bis zum Pausengong anhalten.

„Und, hast du es ihr schon gesagt?", erkundigt sich Claas dann auch sofort, kaum, dass wir den Pausenhof betreten haben. Entsetzt schüttle ich den Kopf. „Bist du bescheuert? Das kann ich doch nicht machen!" Allein die Vorstellung, Pauline zu erklären, dass ich sie toll und supersüß finde, löst Panik in mir aus.

„Warum nicht?", entgegnet Claas. „Dann weißt du wenigstens, ob du bei ihr Chancen hast!" Ich bin mir angesichts der Konkurrenz um uns herum nicht sicher, ob ich das überhaupt wissen möchte. So kann ich wenigstens weiterträumen.

„Das traue ich mich einfach nicht!", erkläre ich. „Ich bin nicht der Typ, der einem Mädchen sagt, dass er gern mit ihr befreundet wäre. Soll ich etwa hingehen und sie fragen, ob sie mit mir gehen will?" Obwohl ich keine Antwort erwarte, meint Claas nachdenklich: „Ich glaube, ich würde das machen. Ein Nein wäre mir lieber als ein ewiges, heimliches Anschmachten!"

Dann blickt er zu mir: „Wie lange geht das denn schon?" Als ob da was ginge! Ich muss nicht lange nachdenken, bis ich ihm den Zeitpunkt nennen kann. „Noch nicht so lange. Seit meinem Geburtstag. Das sind ja erst drei Wochen!" Claas schnaubt. „Drei Wochen! Drei Wochen stilles Leiden nennst du *nicht lange*!" Jetzt ist es an ihm, den Kopf zu schütteln. „Ich fasse es nicht. Drei Wochen!" Er hält inne und zieht die Stirn kraus. Ein untrügliches Zeichen dafür, dass er über etwas nachgrübelt. „So kann das jedenfalls nicht weitergehen", murmelt er. „Da müssen wir jetzt den Turbo einschalten, Kumpel!"

Turbo? Was meint er nur damit? Ich will keinen Turbo! Hilfe, Nein! Doch es gibt kein Entkommen. Claas blickt mich an und verkündet beinahe feierlich: „Das muss ein Ende haben und ich habe da auch schon ein paar Ideen!" Oh je, Claas´ Ideen ziehen Schwierigkeiten nahezu magisch an. Ich kann mich eigentlich an überhaupt keine Idee von ihm erinnern, die auch nur ansatzweise zu einem Erfolg geführt hätte.

„Danke Claas, das ist wirklich nett gemeint", versuche ich lächelnd Dankbarkeit und Selbstschutz zu vereinen. „Aber ich brauche deine Hilfe nicht." Doch Claas scheint mit plötzlicher Taubheit geschlagen zu sein, denn er knurrt: „Und ob du sie brauchst! Lass mich mal machen!" Er dreht sich um, ohne eine Reaktion von mir abzuwarten, geht zielstrebig erst zum Pausenverkauf und dann ins Schulgebäude hinein. Mein verzweifeltes „Nein!", das ich ihm hinterherrufe, verhallt wirkungslos.

Mit einem unguten Gefühl betrete ich nach dem Läuten das Klassenzimmer. Claas sitzt bereits auf seinem Platz und zwinkert mir verschwörerisch zu. „Gleich wirst du die ersten Punkte einfahren!" Sein siegesgewisses Lächeln beruhigt mich nicht wirklich. Im Gegenteil. Es macht mich nervös. Sehr nervös. „Was hast du gemacht?", will ich von ihm wissen. „Deiner Angebeteten ein Präsent samt Botschaft in die Jackentasche gesteckt."

Da Pauline heute während der Pause bei den Entspannungsübungen in der Turnhalle mitgemacht hat, ist ihre Jacke die gesamte Pause über an der Garderobe im Flur gehangen. „Doch nicht mit meinem Namen?", frage ich entsetzt. „Nein, ich bin doch nicht blöd.", versichert Claas. „Ich habe deine Initialen genommen!" Na toll. Da kommt sie nie drauf, wenn Alex mit Nachnamen Hojer heißt!

„Und was hast du für ein tolles Geschenk auf die Schnelle aus dem Hut zaubern können?" Denn neugierig bin ich schon. Auch wenn man das nur dem schwachen Geschlecht nachsagt. Außerdem will ich gewappnet sein, falls es für mich was auszubaden gibt. Wovon ich nach meinen vielen Erfahrungen mit Claas ausgehen muss.

„Ich habe Pauline einen ihrer Lieblingsjoghurts gekauft und mit einem lieben Gruß in die rechte Außentasche getan!" Um den gesundheitsbewussten Teil der Elternschaft zufriedenzustellen, werden am Pausenkiosk nicht nur Süßkram und Backwaren angeboten, sondern auch Obst und Plastiktöpfchen mit Joghurt und frischen Früchten. Pauline ordert so gut wie jeden Tag einen dieser Fitnessbecher. Gut beobachtet, Claas, lobe ich im Stillen.

Doch im nächsten Augenblick wandelt sich meine Anerkennung in eine üble Vorahnung.

Claas scheint meinen Blick richtig zu deuten, denn er ergänzt beruhigend: „Natürlich MIT Deckel und waagrecht. Den Löffel habe ich als Stütze eingeklemmt. Da kann gar nichts passieren!" Er klopft mir aufmunternd auf die Schulter und wartet ebenso gespannt wie ich auf Paulines Erscheinen.

Was Claas allerdings nicht wissen kann, ist, dass nach seinem Platzieren der Überraschung mehrere Fünftklässler auf unserem Flur Fangen gespielt und bei der wilden Jagd zwei von ihnen die Kurve zum nächsten Gang zu eng genommen und dabei einige Jacken von ihren Haken befördert haben. Darunter diejenige von Pauline. Zwar sind die wilden Kerlchen von der Aufsicht führenden Frau Petersen dazu angehalten worden, die Jacken umgehend wieder an ihren Platz zu bringen, doch hat Paulines Teil bei diesem Vorfall alle möglichen Lagen eingenommen außerhalb der waagrechten. Was dazu geführt hat, dass der Joghurtbecher erst seinen Deckel verloren und sich danach den Gesetzen der Schwerkraft folgend auf den Weg in die Freiheit gemacht hat.

Als Pauline dann zwischen Entspannungsübung und Unterrichtsbeginn ein Papiertaschentuch aus ihrer rechten Jackentasche holen will, greift sie ahnungslos in die vitaminreiche Eiweißbombe. Ihr angewiderter Schrei ist im Klassenzimmer bestens zu hören. „Was ist denn das für eine Scheiße!" Eindeutig meine Angebetete. Eindeutig nicht angetan. Vorwurfsvolles Anheben der Augenbraue von Herrn Schmitt, der das Klassenzimmer bereits betreten hat und gerade eine Londonkarte an die Wand heftet.

Mit dem Gongschlag stürmt Pauline ins Klassenzimmer, begibt sich schnurstracks zum Waschbecken und säubert sich die Hände. Um jedweder Frage zuvorzukommen erklärt sie wütend in die Runde: „Irgendein Vollidiot hat mir einen Joghurt in die Jackentasche gesteckt, der ausgelaufen ist. Den Zettel dazu kann man nicht mehr lesen." Glück muss man haben.

Wer nun glaubt, dass dieser Rückschlag Claas` Tatendrang in seiner neuen Rolle als Liebeshelfer dämpfen würde, irrt sich gewaltig. Aufgeben gilt nicht, sein Motto lautet: „Jetzt erst recht!" Während unser Englischlehrer hinter der konzentrierten Miene meines besten Freundes eine geballte Aufmerksamkeit vermutet, weiß ich genau, dass er schon wieder etwas Neues aausheckt. Ein plötzliches, kurzes Aufleuchten in seinem Gesicht bestätigt meinen Verdacht. „Ich habe eine andere todsichere Idee!", raunt er mir triumphierend zu, als Herr Schmitt gerade die wichtigsten Londoner Sehenswürdigkeiten auf seiner Karte mit roten Punkten markiert. „In der zweiten Pause werde ich zur Tat schreiten!", kündigt er mir im Flüsterton an. Seit wann redet der denn so komisch geschwurbelt? „Was hast du vor?", will ich wissen. „Das geht mich schließlich was an!"

Ehe Claas antworten kann, dreht sich Herr Schmitt um und wirft mir einen verärgerten Blick zu, der sich jedoch gleich in zufriedenes Wohlgefallen auflöst: „Da Herr Fischer über ein bemerkenswertes Redetalent verfügt, darf er uns zu drei berühmten Museen seiner Wahl eine Kurzbeschreibung geben. In English, please!" Die nächsten Minuten stammele ich mühsam ein paar armselige Brocken zusammen, bis sich unsere Klassenbeste Anna erbarmt und mich freiwillig ablöst. Was meine unterirdische Leistung durch ihren perfekten Vortrag noch weiter ins Erdinnere befördert. Also mit schulischen Leistungen kann ich bei Pauline jedenfalls nicht punkten. Wenigstens hat sie Charakter bewiesen und sich nicht bei den belustigten Kichertanten eingereiht.

Als es nach der darauffolgenden einschläfernden Geschichtsstunde bei Herrn Drews endlich zur zweiten Pause läutet, stürzt Claas in einem Affenzahn zur Tür hinaus. Bis ich reagiere und meinerseits den Flur erreiche, ist er längst über alle Berge, sodass ich ihn nicht aufhalten kann, was immer er auch vorhat.

Mit einem verschmitzten Grinsen kehrt er fünf Minuten später zurück. „Wo bist du gewesen?", frage ich meinen übereifrigen Komplizen. „Im Fahrradkeller." Die Antwort beunruhigt mich. Das stille Örtchen wäre mir lieber gewesen.

„Und was hast du dort gemacht?", bohre ich nach, da mir nichts Gutes schwant. „Dir eine prima Gelegenheit verschafft, für Pauline den hilfsbereiten Ritter zu spielen!" Trotz weiterer Fragen bekomme ich aus Claas nichts weiter heraus außer einem „Du solltest nach Schulschluss möglichst gleichzeitig mit ihr bei euren Rädern ankommen."

Da die einzelnen Schüler im Fahrradkeller so etwas wie ihre Stammplätze haben, parken Paulines und mein Rad mehr oder weniger nebeneinander, lediglich durch eine kleine Fahrgasse getrennt. Die letzten beiden Stunden zermartere ich mir dann das Hirn und grüble darüber nach, was Claas dort wohl angestellt haben mag. Aber ich komme nicht darauf.

Vielleicht ist es auch besser so.

Mit jedem Schritt, dem ich meinem Fahrrad näher komme, verstärkt sich das ungute Gefühl in meinem Magen. Pauline und Merle gehen direkt vor mir, sodass sie zuerst auf das Ergebnis von Claas' geheimer Mission treffen werden. Der entsetzte Schrei „Das darf doch nicht wahr sein!" von meiner Angebeteten lässt mich Übles erahnen. „Welcher Arsch war das denn!", schimpft nun Merle, und als ich nach den beiden um die Ecke biege, kann auch ich die Bescherung erkennen: Paulines Hinterrad hat einen Platten. Merles dagegen nicht. Ist das auf Claas' Mist gewachsen?

„Schau mal, Tonis Rad hat es auch erwischt!", zeigt Merle nun auf meinen treuen Drahtesel.

Tatsächlich, mein Vorderrad ist so platt wie ein Platten nur sein kann. Während wir noch fassungslos auf die betroffenen Reifen starren, radelt seltsamerweise Claas um die Ecke, der ansonsten eigentlich immer direkt neben mir parkt. „Was ist los?", erkundigt er sich mit Unschuldsmiene. „Kann ich euch helfen?"

Pauline nickt. „Mit einer Luftpumpe. Seit meine hier schon dreimal geklaut worden ist, nehme ich keine mehr in die Schule mit. Und Toni scheint ja auch keine zu haben." Was leider stimmt. Nachdem ich gestern bei Oma vorbeigeradelt bin, um ihr Rad aufzupumpen, habe ich sie dort liegen gelassen, abgelenkt durch ein verführerisches Kuchenstück.

Ich habe geplant, sie heute nach dem Unterricht bei einem kurzen Umweg wieder abzuholen. So wird das jetzt nichts mit dem hilfsbereiten Ritter. Ich werfe Claas einen vernichtenden Blick zu. Doch geistesgegenwärtig rettet er die Situation. „Ihr könnt meine haben", bietet er an und drückt mir seine Luftpumpe in die Hand. „Aber ich muss gleich weiter, ihr könnt sie mir ja morgen wieder zurückgeben!" Mit einem fröhlichen Winken radelt er davon. Und Pauline blickt ihm dankbar hinterher. Hey, diese Punkte hätten eigentlich an mich gehen sollen! Ganz Kavalier pumpe ich Paulines Platten zuerst auf, ehe ich mich an meinen eigenen mache. Ein knappes „Danke" und weg ist sie. Warum fühlt sich das jetzt nur wie eine Niederlage an?

An der zweiten Abbiegung auf meinem Heimweg erwartet mich Claas leicht zerknirscht mit einer Entschuldigung: „Sorry, Kumpel, als ich bemerkt habe, dass du keine Luftpumpe an deinem Fahrrad hast, ist die Luft schon raus gewesen." Den Vollpfosten verkneife ich mir, schließlich hat er ja mit seiner eigenen Pumpe die Situation einigermaßen gerettet, sodass ich doch noch – wenn auch in deutlich abgemilderter Form – den hilfsbereiten Mitschüler geben konnte, der insgeheim davon träumt, in naher Zukunft der Boyfriend zu werden.

„Trotzdem danke, Claas!", verabschiede ich mich. „Du willst mir helfen. Du bist ein echter Freund". Er strahlt, faselt kurz etwas von Wiedergutmachung und lässt mich sein Rücklicht sehen.

Wiedergutmachung? Bei diesem Wort aus Claas`
Mund beschleicht mich erneut ein ungutes
Gefühl. Wiedergutmachung hört sich bei ihm
nach den heutigen Erlebnissen eher beun-
ruhigend an.

Um nicht zu sagen bedrohlich.

Als ich am nächsten Morgen den Schulhof
betrete, staune ich über eine Schülertraube, die
sich am Eingang zur Sporthalle gebildet hat und
etwas Interessantes zu begutachten scheint. Im
Näherkommen kann ich in den Lücken zwischen
den Beinen der Zuschauer etwas Buntes erkennen. Ich drängle mich durch die Reihen, um
einen Blick auf das Kunstwerk werfen zu
können, das so große Aufmerksamkeit erregt.

Zu meinen Füßen prangt ein riesiges rotes
Kreideherz mit gelbem Amorpfeil, auf dem in
blauer Schrift steht: *T liebt die süße P*. Bravo Claas.
Jetzt wissen alle Bescheid.

Doch dann vernehme ich um mich herum großes
Rätselraten: „Das ist bestimmt Tobias", vermutet
ein Achtklässler rechts neben mir. „Und das P
steht für Patty." Von links kommt Widerspruch:
„Quatsch, das sind Thomas und Philippa aus der

Neunten!" Aber auch dieser Vorschlag findet keine Anhänger: „Blödsinn, kein Neuntklässler würde so eine peinliche Aktion starten!" Ach nee, mein spezieller Freund Morten mischt sich in die Diskussion ein.

„Wieso?", widerspricht jetzt Alina aus der 9b. „Ich fände es toll, wenn man für mich so eine Liebeserklärung malen würde!" Oh je, da Alina eine Augenweide ist, würde es mich nicht wundern, wenn in den nächsten Tagen ihre zahlreichen heimlichen Verehrer zur Tat schreiten bzw. zur Kreide greifen und ebenfalls ihre Zuneigung in einem aussagekräftigen Bildnis kundtun würden. Hausmeister Ott wird begeistert sein.

Ich verfolge das Rätselraten so lange entspannt weiter, bis sich Lotte aus unserer Klasse zu Wort meldet. „Bei uns gibt es auch diese Buchstaben-kombination!" Hilfe, wo kann ich mich jetzt noch schnell verstecken? Und schon spricht sie es aus: „Toni und Pia!" Pia? Klar, Pia ginge auch. Pias entgeisterter Blick zu mir schließt diese Möglich-keit allerdings auf der Stelle aus. „Oder Timo und Pauline!", ergänzt Merle eifrig. „Bestimmt sind es die beiden! Ich kann mich erinnern, Timo vor kurzem gesehen zu haben, wie er an Paulines Fahrradkorb herumgefingert hat!"

Jetzt gibt es kein Halten mehr. „Die wären echt ein süßes Pärchen!", meint Jasmin. „So eine romantische Aktion hätte ich Timo gar nicht zugetraut!", wundert sich Emily. „Er wirkt sonst immer so ruppig!" Sogar Jacob gibt seinen Kommentar ab: „Bin ja mal gespannt, wie Pauline reagiert!"

Ich auch.

„Super Idee!", empfange ich den vermuteten Künstler zwei Minuten später im Klassenzimmer, der den spöttischen Unterton jedoch entweder nicht bemerkt oder bewusst überhört. Claas strahlt mich an und erläutert sein Vorgehen: „Ich habe das gestern Nachmittag erledigt. Um diese Zeit hält sich keiner mehr freiwillig in Schulnähe auf! Und Herr Ott hat den Zaun am Seiteneingang repariert. Also freie Bahn für mich!"

Die würde ich mir für Pauline auch wünschen, aber ich befürchte, dass Claas sie unfreiwillig Timo verschafft hat.

Während Deutsch beobachte ich Pauline, wie sie wiederholt kurz in Timos Richtung blickt. Als sich dabei einmal ein zufälliger Augenkontakt mit ihm ergibt, schauen beide rasch weg. Wie ertappt.

Sehe ich da gerade meine Felle davonschwimmen? Wie gesagt, ich hasse Redewendungen!

Pias eindringlichen Blick auf mich dagegen bemerke ich nicht, was sich später noch rächen sollte.

11) Es bleibt ja in der Familie

Als ich am nächsten Morgen kurz vor Unterrichtsbeginn in den Fahrradkeller rase, hätte ich beinahe Pauline und Piet über den Haufen gefahren, die sich wie zwei Kampfhähne gegenüberstehen und lauthals streiten.

„Papa hat gesagt, du sollst mir immer helfen!", verlangt Piet mit leicht geröteten Wangen. „Aber nur im Notfall!", entgegnet die große Schwester. „Das ist ein Notfall!", behauptet Piet nun mit hochrotem Gesicht. „Bestimmt nicht!", kontert meine Angebetete. „Wenn du deine Sportsachen zu Hause vergisst, dann ist das reine Blödheit und sonst nichts! Deswegen komme ich garantiert nicht zu spät zum Unterricht!" Sie wendet sich ab und geht Richtung Ausgang.

„Pauli, bitte!", bettelt der kleine Bruder mit verdächtig glitzernden Augen, rennt ihr hinterher und versucht sie an der Jacke festzuhalten. Doch der Kosename prallt erfolglos an der Adressatin ab, denn sie reißt sich mit einem „Dann schaust du heute in Sport eben bloß zu!" los und lässt ihn heulend zurück.

Die Idee ist nicht schlecht, denke ich für mich, aber leider nutzt sie sich nur allzu schnell ab. Vor allem bei einer derartigen Sportpflaume wie mir. Für Piet, den Winz-Messi muss das allerdings eine echte Strafe sein: Statt den Sportplatz betoben zu können mit der Zuschauertribüne vorliebnehmen zu müssen.

„Hey, Kumpel, ist es wirklich so schlimm, einmal in Sport nicht mitmachen zu können?", versuche ich das heftig schluchzende Kerlchen zu trösten. Doch das schüttelt heftig den Kopf und schnieft: „Nein, heute ist in der zweiten Stunde das Vorspielen für die Schulmannschaft im Fußball. Außerdem machen wir Noten in Basketball."

Ich blicke kurz auf die Uhr. Fünf vor Acht. „Und wenn du schnell nach Hause radelst und ein bisschen später zur ersten Stunde kommst? Dein Lehrer hätte für deine Erklärung bestimmt Verständnis!"

Erneutes Kopfschütteln in Kombination mit einer weiteren Tränenflut. „Heute gerade nicht. Wir schreiben jetzt gleich eine Englischarbeit!" Ein mehr als   überzeugendes Argument. Sein verzweifelter Blick würde jeden Stein erweichen. Außer das Herz seiner Schwester.

„Warum wollte dir Pauline nicht helfen?", wundere ich mich, da ich sie ansonsten als sehr hilfsbereit kenne. Nicht nur wegen der Geschichte mit Nelly würde das Etikett „Barmherzige Samariterin" sie trefflich beschreiben. „Sie ist sauer auf mich, weil ich sie gestern beim Schreiben eines Liebesbriefes erwischt und damit geärgert habe!"

Oh, das ist ja interessant! Ein neugieriges Nachfragen verbietet sich jedoch an dieser Stelle. Jetzt ist energisches Handeln angesagt. Selbstloser Einsatz. Die Zeit drängt. „Los! Du spurtest jetzt zu deiner Englischarbeit und ich fahre deine Tasche holen!", fordere ich Piet auf. Dieser blickt mich erst ungläubig an und flitzt dann in einem Affenzahn Richtung Ausgang. Das Echo seines „Danke!" hallt im gesamten Fahrradkeller laut wider und wirkt auf mich wie einer Fanfare.

Auf in die Pedale, edler Ritter, und zur Tat! In waghalsigem Tempo strample ich in den Geranienweg und läute völlig außer Atem an der Seeliger'schen Haustür. Erleichtert höre ich, wie sich Schritte nähern. Was hätte ich nur getan, wenn niemand zu Hause gewesen wäre? Bei unserem übereilten Aufbruch habe ich nämlich überhaupt nicht daran gedacht, mich bei Piet danach zu erkundigen oder nach einem Schüssel zu fragen. Ungeduldig warte ich darauf, dass sich die Tür endlich öffnet und ich die sehnlichst erwartete Sporttasche in Empfang nehmen kann.

Im schmalen Türspalt erscheint eine nicht minder schmale ältere Dame, dem feinen Gewand nach eher die Großmutter als die Perle des Hauses. Ihr Blick eher misstrauisch als entgegenkommend. „Wir kaufen nichts!", versucht sie den unbekannten Bittsteller abzuwehren. „Und mit den Zeugen Jehovas rede ich schon gar nicht! Ich bin glücklich katholisch!" Wie schön, dann weiß sie wenigstens meinen Akt der Nächstenliebe zu schätzen!

Ich lächle sie freundlich an und erkläre ihr mein Anliegen: „Ich möchte Piets Sporttasche holen, er hat sie vergessen, sie muss gleich hier im Flur sein, es ist ziemlich dringend!" Wenn ich mir eingebildet habe, durch meine in rascher Abfolge abgefeuerten Sätze die Handlung des Geschehens voranzutreiben, irre ich mich gewaltig.

Die Miene meiner Gegenüber wird sogar noch eine Spur misstrauischer. „Da könnte ja jeder daherkommen und das behaupten! Wie soll ich wissen, dass die Geschichte stimmt und du nicht irgendein Dieb bist, der die Situation ausnutzen will, dass nur die Oma im Haus ist!" Fassungslos starre ich in das abweisende Gesicht von Paulines Großmutter. Das darf ja wohl nicht wahr sein! Sehe ich etwa aus wie ein gemeiner Verbrecher?!?

„Bitte, Frau Seeliger, ich habe es eilig. Geben sie mir einfach die Tasche und schon bin ich weg!" Ein noch freundlicheres Lächeln meinerseits als das vorherige soll die Angelegenheit in meinem Sinne beschleunigen. „Wenn schon, Frau Engels, bitte!", kommt die strenge Antwort der Oma mütterlicherseits.

„Und warum bist du um diese Uhrzeit nicht im Unterricht?" Vorwurfsvoller Blick, anklagende Stimme. „Weil ich erst Piets Tasche holen muss und dann von hier aus sofort in die Schule fahre!", erkläre ich in möglichst geduldigem Tonfall. „Aber dann kommst du doch zu spät!" Was für eine Intelligenzbestie! Bis eben habe ich nicht gewusst, dass ich über das Talent verfüge, lautlos zu seufzen und dabei ein neutrales Gesicht aufzusetzen. „Ich weiß", antworte ich. „Deswegen möchte ich ja auch so schnell wie möglich mit der Tasche los!"

In Gedanken zähle ich bis Zwanzig und konzentriere mich dabei auf meine Atemzüge. Soll angeblich beruhigen. Klappt bei mir jedoch nicht wirklich. Weiteres Lächeln. Aber noch wird die Türkette nicht entsichert. „Kannst du dich ausweisen?" Wie bitte? Ich glaube, ich bin im falschen Film! „Ich habe meinen Schülerausweis heute leider nicht dabei!", muss ich der unnachgiebigen Wächterin am Eingang gestehen. „Also unzuverlässig!", kommt prompt das vernichtende Urteil. „Und dann soll ich dir Piets Sportsachen anvertrauen?"

Inzwischen ist mein Vorrat an Geduld fast aufgebraucht. Ein letzter Versuch, ein Flehen meinerseits: „Bitte, ich heiße Toni Fischer und gehe in Paulines Klasse!" Frau Engels dreht sich um und verschwindet. Nach endlosen zwei Minuten kommt sie mit einem Zettel in der Hand zurück. „Auf der Klassenliste steht zwar Anton, aber du scheinst die Wahrheit zu sagen." Endlich klimpert die Sicherungskette und die Tür öffnet sich weit. Ich reiße Paulines Oma möglichst sanft die entgegengehaltene Tasche aus der Hand und fliege mit einem „Vielen Dank!" Richtung Fahrrad, wobei ich selbige in Gedanken mit undankbaren Bezeichnungen wie sture Alte oder alte Nervensäge bedenke.

Zehn Minuten vor Ende der ersten Stunde klopfe ich leicht ängstlich an die Tür meines Klassenzimmers, nachdem ich zuvor das Objekt der Begierde vor Piets Klassenzimmertür abgestellt habe, sodass der erste, der herauskommt, über sie stolpern und damit finden wird, wer auch immer das sein mag. Mein Herz klopft mir bis zum Hals, als ich Mathe-Baumanns knurriges „Herein!" vernehme. Zaghaft öffne ich die Tür und betrete den Raum. Ich blicke in 25 neugierige Augenpaare und in ein verärgertes, das mir das Herz nun in die Hose rutschen lässt.

„Schön, dass Herr Fischer doch noch den Weg zur Mathematik gefunden hat! Besser spät als nie!" Seine finstere Miene dagegen belegt, dass er alles andere als erfreut über mein spätes Erscheinen ist. Die Tatsache, dass keiner aus den Reihen meiner Mitschüler bei seiner Bemerkung gelacht hat, ist ein untrügliches Zeichen für den Ernst meiner Lage.

„Darf man erfahren, wo der Herr jetzt herkommt?" Sein Blick scheint mich zu durchbohren. Ich schlucke und entscheide mich für die Wahrheit. Meiner Meinung und Erfahrung nach die beste Lösung in kritischen Situationen. Ich schlucke kurz, ehe ich antworte: „Ich habe etwas geholt, das zu Hause vergessen worden ist."

Nach einer kurzen Pause, die sich für mich unerträglich lange angefühlt hat, entgegnet er schließlich: „Eine erstaunliche Strategie! Habe ich so noch bei keinem Schüler erlebt: Das eigene Versagen in einem Passiv zu verstecken! Wirklich bemerkenswert!" Er lächelt amüsiert. „Und was wurde so Wichtiges von Herrn Fischer zu Hause vergessen, dass er für die Wiederbeschaffung beinahe die gesamte Mathematikstunde opfert?"

Einzelne verhaltene Lacher aus Saschas und Lennarts Ecke nehmen etwas die Spannung heraus. Immer schön bei der Wahrheit bleiben, Toni, ermahne ich mich im Stillen. „Die Sporttasche." Mit dieser Antwort hat Mathe-

Baumann nicht gerechnet. Er starrt mich ungläubig an. Dann ungewöhnlich laut, extrem langsam und betont sowie in etwas schriller Tonlage: „Die Sporttasche!?! Dass ich das nochmal erleben darf: Toni Fischer, die allseits bekannte Nicht-Sportskanone, nimmt wissentlich Ärger in Kauf, um seine Sporttasche zu holen. Bei dir hätte man das eher andersherum vermutet. Dass du sie wieder zurückbringst, wenn Unheil im Sportunterricht droht." Sein Lachen lässt den Rest der Klasse ins Gelächter einfallen.

Nur Pauline lacht nicht.

Ich gehe zu meinem Platz und hoffe, dass Mathe-Baumann nicht auf den Stundenplan schaut und feststellt, dass wir heute gar keinen Sportunterricht haben. Wenigstens halten die anderen die Klappe und weisen ihn nicht extra darauf hin. Sein dröhnendes Urteil lautet: „Zur Strafe wirst du bis morgen Seite 48 im Buch komplett bearbeiten!"

Ich nicke eifrig da irgendwie erleichtert und ignoriere, dass meine Mitschüler laut Luft holen, als sie sehen, wieviel er mir aufgebrummt hat.

„Da sitzt du locker zwei Stunden dran!", befürchtet Claas zu meiner Linken. „Vielleicht zahlt sich die Extraschicht in der nächsten Arbeit ja in Form einer besseren Note aus, wär doch nicht schlecht!", entgegne ich. „Dann hätte die Sache sogar noch was Gutes gehabt!" Paulines nachdenkliches Schweigen ordne ich jedenfalls schon mal in diese Rubrik ein.

Nach Schulschluss erwartet mich ein strahlender Piet im Fahrradkeller. „Ich hab's geschafft!", jubelt er. „Ich darf in der Unterstufenmannschaft spielen!" Ich boxe ihn freundschaftlich in den Oberarm. „Glückwunsch!", gratuliere ich. Dann hat sich mein Einsatz ja wenigstens gelohnt. „Und bei den Basketball-Übungen habe ich auch eine Eins bekommen!"

Da wäre ich selbst bereits über eine Drei hocherfreut. In der Regel komme ich in Sport in meinem Zeugnis über eine Vier nicht hinaus. Daher ist meine Erwiderung absolut ehrlich: „Ich wünschte, ich wäre auch so eine Sportskanone wie du!"

Piets Strahlen lässt sich tatsächlich noch steigern. Doch plötzlich erlischt es und weicht einer betrübten Miene. „Aber dafür bin ich in Mathe eine ziemliche Niete", stößt er kleinlaut hervor. „Man kann nicht überall spitze sein!", tröste ich ihn.

Es gibt sogar Leute, die NIRGENDS spitze sind. So wie ich. Diese traurige Wahrheit spreche ich natürlich nicht laut aus. Ich bin ja schon froh, wenn das andere nicht tun.

„Übermorgen schreiben wir die nächste Mathearbeit", seufzt Piet nun. „Und in der ersten hatte ich eine 4-. Hoffentlich schreibe ich diesmal nicht eine 5!" Seine verkniffene Miene halte ich kaum aus. Ich muss es wieder glattbügeln, weg mit den Sorgenfalten, die in einem so jungen Gesicht rein gar nichts zu suchen haben!

„Wenn du genug übst, wird schon alles gut laufen!", versuche ich ihn aufzumuntern. „Und wenn du nicht alles verstanden hast, kannst du dir den Stoff ja nochmals erklären lassen." Piet nickt zwar, blickt aber immer noch recht bekümmert auf den Boden. Zuversicht sieht eindeutig anders aus.

Plötzlich hebt er den Kopf und schaut mich fröhlich an. „DU könntest doch mit mir Mathe lernen!"

Oh je! Wie komme ich aus dieser Nummer jetzt wieder heraus? „Ich hatte eher an deine Schwester oder Eltern gedacht", bremse ich seine Begeisterung. „Mama hat keine Zeit, Oma keine Ahnung und Pauline keine Lust", behauptet Piet und schüttelt dabei energisch den Kopf. „Es geht wirklich nicht anders, du kommst als Einziger in Frage!"

Dass bei mir gleich alle drei Gründe zusammen-fallen, will ich ihm nicht direkt auf die Nase binden. Das käme mir dann doch sehr hartherzig vor. Vor allem wegen des dritten. Meine kostbare Freizeit freiwillig mit Matheaufgaben zu ver-schwenden, ist das Allerletzte, worauf ich Lust hätte. Außer Hausarbeit vielleicht. Außerdem bin ich mit der Strafarbeit bereits mehr als bedient. Nein, danke.

„Bitte, du kannst mich jetzt doch nicht hängen lassen!" Piets hoffnungsvoller Dackelblick grenzt an gefühlsmäßige Erpressung.

„Ich habe heute aber keine Zeit", rede ich mich heraus. Dass sie ausgerechnet eine Extraportion Mathe beschlagnahmt hat, die mich die Rettung seiner Sportlerehre gekostet hat, will ich ihm nicht gestehen. Zudem wollten die übrigen Hausaufgaben ebenso bewältigt sein wie die Minimalvorbereitung auf die Geschichtsarbeit am nächsten Tag.

„Sorry, Sportsfreund", zucke ich bedauernd die Achseln. „Geht wirklich nicht!" Doch Piet scheint unter einer Sehschwäche mit Hörverlust zu leiden, denn er entgegnet unbekümmert: „Heute hätte ich ohnehin keine Zeit gehabt. Fußball-training!" Dann folgt sofort sein nächster Angriff: „Aber morgen. Morgen hätte ich Zeit. Und du?" Mein Unvermögen, schnell genug eine glaub-würdige Ausrede hervorzuzaubern, wird als Zustimmung missdeutet und mit sofortigem Festnageln bestraft.

„Geht bei dir um Vier?", erkundigt sich Piet. „Bis dahin bin ich mit den Hausaufgaben bestimmt fertig." Anschließend die bange Frage: „Oder hast du irgendein Training?"

Ich und Training? Mein Ruf des unsportlichsten Jungen in Paulines Klasse scheint noch nicht bis zu seinen Ohren vorgedrungen zu sein. Das umfangreichste Trainingsprogramm der Welt würde bei mir hoffnungslosem Fall nichts nützen. Das leider vor meinem „Nein" spreche ich natürlich nicht laut aus.

„Prima, dann bis morgen Nachmittag!", freut sich Piet. „Du weißt ja, wo wir wohnen." Oh ja, in letzter Zeit hat sich der Geranienweg 21 schon fast wie die eigene Adresse angefühlt. „Viel Spaß beim Training!", rufe ich meinem künftigen Schüler hinterher, als er davonradelt.

Gibt es eigentlich auch Training in Sachen Durchsetzungsfähigkeit?

Am nächsten Tag läute ich punkt 16:00 Uhr an der Haustür der Seeligers. Kaum habe ich den Finger vom Klingelknopf gelöst, als auch schon die Tür aufgerissen wird und mich ein begeistert grinsender Piet am Jackenärmel in den Flur zieht. Noch lieber wäre mir eine derartig stürmische Begrüßung jedoch von einer anderen Person dieses Haushaltes, seufz. „Ich habe schon alles vorbereitet", erklärt Piet und zieht mich ins

Wohnzimmer, wo er den Esstisch in einen vorbildlichen Schreibtisch umgewandelt hat. Ein Stapel weißes Papier. Darüber das Mathebuch. Links und rechts daneben frisch angespitzte Bleistifte samt Radiergummi und Geodreieck. Alles fein säuberlich parallel zueinander angeordnet. „Bist du immer so ordentlich?", frage ich erstaunt.

„Von wegen, der will dir nur imponieren!", ertönt hinter mir Paulines liebreizende Stimme, die gerade eine weniger liebreizende Tonlage angenommen hat. „Du solltest mal sein Zimmer sehen. Als ob dort eine Bombe eingeschlagen wäre!" Kann ich mir gut vorstellen. Ähneln nicht alle Zimmer von gesunden Zehnjährigen einer Art gepflegte Müllhalde, deren System nur der jeweilige Bewohner durchschaut?

In Jacke und mit Rucksack über der Schulter ist meine Herzdame bereits auf dem Weg nach draußen, als ihr Piet wütend hinterherruft: „Immer musst du auf mir herumhacken! Dein eigenes Zimmer sieht auch nicht besser aus!" DAS wiederum hätte ich nur zu gerne selbst überprüft. „Lass uns gleich anfangen!", lenke ich den verärgerten kleinen Bruder ab. „Das Mathetraining ruft!"

Die nächsten beiden Stunden verbringen wir dann damit, Winkel zu benennen, zu berechnen, zu messen und zu zeichnen. Zum Glück habe ich ein dankbares Thema erwischt, sodass meine überschaubaren Mathefähigkeiten nicht weiter auffallen. Die Arbeit mit dem eifrigen Schüler macht sogar richtig Spaß. Was nicht nur an dem Obst- und dem darauffolgenden Kuchenteller liegt, mit dem uns die fürsorgliche Frau Engels bei Kräften und Laune hält. Als ich mich von meinem müden, aber zufriedenen Schützling verabschiede, kündigt er große Taten an: „Morgen schreibe ich eine glatte 3! Mindestens!"

Dass es dann tatsächlich eine 2- werden soll, erfüllt mich mit Stolz. Hoffentlich hat mein Punktekonto bei Pauline ebenfalls etwas davon. So viel Eigennutz sei erlaubt.

Als mir Piet seinen Triumph verkündet, packe ich die Gelegenheit beim Schopf und fordere nun meinerseits eine Gegenleistung von ihm ein. „Du könntest mir einen Gefallen tun, Piet", starte ich mein Manöver des Auskundschafter-Anwerbens.

„Gerne, du hast was gut bei mir! Was soll ich tun?", erkundigt sich Piet, wobei ihm Eifer und Tatendrang ins Gesicht geschrieben stehen. Was ich in diesem Moment leider übersehen bzw. überlesen habe.

„Die Aufgabe erfordert Mut und Können. Außerdem ist sie schwierig und geheim." Ein unwiderstehliches Angebot für jeden Jungen, der etwas auf sich und seine Fähigkeiten hält. Ein verlockender Köder. „Du kannst dich voll auf mich verlassen!", beißt Piet auch sofort an. „Ich kann alles und bin verschwiegen wie ein Grab!"

Hätte ich Erfahrung mit jüngeren Geschwistern gehabt, wäre ich nicht auf seine Behauptung reingefallen. Hätte, hätte, Fahrradkette.

„Was soll ich machen?" Piet scharrt regelrecht mit den Hufen wie ein Rennpferd vor dem Start. Pure Energie. Kaum zu zügeln. „Detektiv für mich spielen", erkläre ich mit gesenkter Stimme. „Das wollte ich schon immer mal!", freut sich Piet. „Wen soll ich beschatten? Kriege ich eine spezielle Ausrüstung dafür?" Erwartungsvoll blickt er mich an. Vermutlich sieht er sich in Gedanken bereits im Tarnanzug mit Nachtsichtgerät, Walkie Talkie und Klappmesser durch die Wildnis streifen, dem Verfolgungsobjekt dicht auf den ahnungslosen Fersen. „Bei deiner Schwester."

Willkommen in der Wirklichkeit. „Bei Pauline?", fragt er enttäuscht. „Das ist doch kein bisschen spannend!" Für dich vielleicht nicht. Für mich sehr wohl. Ich muss den Köder greifbar machen. Konsum statt Nervenkitzel. „Wenn du deine Mission zu meiner Zufriedenheit erfüllst, springt für dich ein Eisbecher im Cortina dabei raus!", behalte ich wenigstens den James-Bond-Sprech bei.

„Meinetwegen", willigt Piet etwas widerstrebend ein. „Aber es muss der Tropical Star sein!" Klar, der teuerste auf der Karte. „Freie Auswahl", bestätige ich innerlich zähneknirschend und schichte in Gedanken meine monatlichen Finanzen bereits um.

„Dein Auftrag ist wirklich nicht leicht", setze ich an und mache eine Kunstpause, um die Spannung und Piets Einsatzbereitschaft zu erhöhen. „Du sollst herausfinden, an wen Pauline den Liebesbrief geschrieben hat, bei dem du sie überrascht hast. Schaffst du das?" Piet grinst. „Ein Kinderspiel! Und für dieses Bisschen bekomme ich wirklich meinen Eisbecher?" Ich nicke. „Aber nur bei erfolgreicher Lieferung!"

Nach wenigen Metern dreht er sich noch einmal um: „Warum willst du das eigentlich wissen?" Ein typischer Fall von erlaubter Notlüge: „Ein Kumpel von mir möchte seine Chancen bei Pauline einschätzen."

Kurzes Zögern bei Piet. „Vielleicht sollte man ihn lieber vor ihr warnen." Vielleicht sollte er derartige Kommentare lieber für sich behalten.

In dieser Nacht schlafe ich extrem schlecht. Die übelsten Albträume geben sich die Klinke in die Hand und rauben mir den Schlaf: Pauline liebt einen anderen. Pauline liebt keinen anderen, aber mich auch nicht. Oder schlimmer: Pauline liebt lieber einen anderen als mich. Am schlimmsten: Jeden anderen. Pauline hängt ein Plakat in der Schule auf: „Loser Toni sucht Freundin. Wer will ihn haben?"

Zum Glück kann ich mich nicht an alle erinnern. Nichtwissen kann durchaus schützen.

Am nächsten Morgen offenbart mir ein kleinlauter Sherlock Holmes, dass er leider versagt habe und ich mir das Geld für den Eisbecher sparen könne. „Was ist denn passiert?", erkundige ich mich, ohne es wirklich wissen zu wollen, aber da war die Frage schon raus.

„Pauline hat mich erwischt!", bringt Piet seinen und meinen Misserfolg auf den Punkt. Bereitwillig beschreibt er die Verkettung unglücklicher Umstände, die dazu geführt haben, ihn auf frischer Tat zu überführen.

Er sei erst in Paulines Zimmer geschlichen, nachdem sie das Haus verlassen hatte, um sich mit Merle zu treffen. Bei seinem nächsten Einsatz – bei welchem Einsatz? – würde er zur Sicherheit mindestens fünf Minuten warten, um sich zu vergewissern, dass die Luft auch tatsächlich rein sei. Denn überraschenderweise sei Pauline noch einmal zurückgekehrt, weil sie in ihrem Zimmer ihr Smartphone habe liegen lassen. Um Zeit zu sparen, habe sie dabei auf Hausschuhe verzichtet und sei die Treppe auf Socken heraufgekommen, sodass er sie nicht habe hören und ihr Zimmer rechtzeitig habe verlassen können. Sie sei genau in dem Moment ins Zimmer geschneit, als er in ihrer Schreibtischschublade gewühlt habe, um den geheimnisvollen Brief zu finden.

Mit einem Wutschrei habe sie sich auf ihn gestürzt und ihn so lange in den Schwitzkasten genommen und an den Ohren gezogen, bis er schließlich gestanden habe, wonach er gesucht habe.

Ich kann mir die Szene bildlich nur zu gut vorstellen. Pauline ist zwar nur zwei Jahre älter als ihr Bruder, aber ihm körperlich eindeutig überlegen. Piet hat gegen seine erboste große Schwester nicht den Hauch einer Chance. „Und dann?", bohre ich von einer bösen Vorahnung erfüllt nach. „Dann habe ich es zugegeben!" Mensch, Piet, muss ich dir jede Information einzeln aus der Nase ziehen? Siehst du denn nicht, dass ich vor Ungeduld gleich platze?

„Was hast du ihr genau gesagt?" Ich hoffe, meine Stimme hört sich nicht panisch an. „Na, eben alles. Dass du herausfinden willst, an wen sie schreibt, weil dein Freund Claas wissen will, ober er bei ihr landen kann!" Oh nein, das hat mir gerade noch gefehlt! Ich will mir nicht ausmalen, zu welchen möglichen und unmöglichen Folgen diese Fehlinformation jetzt führen könnte. Pauline denkt, dass Claas auf sie steht und ich …

„Ich bin nämlich nicht blöd, musst du wissen!", unterbricht Piet meine Gedanken. „Ich kann Drei und Drei sehr wohl zusammenzählen. Der geheimnisvolle Kumpel von dir muss Claas sein!"

Vielleicht wäre in diesem Fall bei der Auftragserteilung an den Nachwuchsdetektiv die Wahrheit doch die bessere Wahl gewesen. Und als ob nicht schon alles schlimm genug ist, setzt Piet noch einen drauf: „Ich glaube, Pauline hat sich darüber gefreut!"

Danke. Ich bin bedient. Ich befürchte, das Drehbuch für die Lovestory muss dringend überarbeitet werden, damit es noch eine Erfolgsgeschichte wird. Denn eine Neubesetzung der männlichen Hauptrolle kommt für mich nicht in Frage.

Da kommt Pia um die Ecke. Anstatt wie sonst mich bewusst zu übersehen, flötet sie zuckersüß: „Hallo, Toni!" Ach du Schande! Sie wird doch nicht die weibliche übernehmen wollen?!?

12) Fettnäpfchenspringen

In regelmäßigen Abständen überkommt meine Mutter in Sachen Kindererziehung ein Anfall von Sendungsbewusstsein und Machbarkeitswahn.

Stets megaleicht zu erkennen an den schlagartigen Veränderungen im gewohnten Familienalltag: Sonntägliche Radtouren statt gemütlicher Sitzungen vor der Glotze, unerwartete Gottesdienstbesuche mitten in der Nacht (9:00 Uhr am Wochenende ist mitten in der Nacht, auch wenn unsere Erzeuger das immer abzustreiten versuchen), klägliche Versuche Richtung Hausmusik, gemeinsame Koch- oder Leserunde und ähnlich Garstiges.

Sehr beliebt sind auch überraschende Teilnahmen an Freiwilligen-Aktionen à la „Wir räumen unsere Stadt auf!" oder „Wir singen mit dem Altenheimbewohnern fröhliche Lieder!" Wobei sie natürlich die einzige Freiwillige ist, Jos und meine Freiwilligkeit wird uns regelmäßig mit irgendwelchen Drohszenarien hinsichtlich unserer Komfortzone gnadenlos abgepresst.

Ihr mit Abstand beliebtestes Betätigungsfeld ist dabei unsere Nahrungszufuhr. Immer mal wieder versucht sie, uns jenseits des gemeinsamen Abendessens, dem wir uns nun mal nicht entziehen können, zu gesünderem Essen zu bekehren als dem, was wir uns regelmäßig einverleiben. Eine dankbare Angriffsfläche bildet da unser Pausenbrot. Dann erwartet uns statt des gewohnten Käsesandwichs mit herrlich süßen Trauben ein mit Salatblatt und Frischkäse aufgehübschtes Vollkornbrot mit Kohlrabistiften oder Paprikastreifen. So auch heute.

Als ich gerade lustlos an meiner Monstermöhre – habt ihr jemals vor euren Klassenkameraden etwas so Peinliches wie eine Karotte mit geschnitztem Gesicht ausgepackt? – kaue, lässt sich Pauline auf ihren Platz plumpsen. Mein „Hallo!", das unverfänglich wirken, aber Freundlichkeit zeigen soll, verfehlt wohl sein Ziel, denn sie wirft mir einen galligen Blick zu, nickt Richtung meiner Rohkost und giftet: „Findest du das etwa witzig?"

Ich verstehe nur Bahnhof. „Was denn?", frag ich verständnislos. „Tu nicht so blöd!", faucht meine Angebetete weiter. „Du weißt genau, dass mich die Tussen aus der a-Klasse wegen meiner Haare gerne Karotte nennen!" Weiß ich nicht. Oder besser gesagt: Jetzt schon. Mein leises „Die sind ja nur neidisch!" hört sie bereits nicht mehr, denn schon ist sie in ein Gespräch mit Merle vertieft, das sie erst unterbricht, als Claas hereinkommt. Pauline blickt Claas an, Claas mich und ich Pauline. Wie Ringelpiez ohne Anfassen.

Egal, bis Claas seinen Krempel ausgepackt hat und das wird die restliche Zeit dauern bis zum Gong, der den Start in den nächsten wunderbaren Schultag verkündet, kann ich noch an meinem neuesten Geniestreich feilen. Oder besser gesagt: Ihn mir in die Rübe hämmern. Denn mir ist gestern nach dem Spionagereinfall noch eine glorreiche Idee gekommen, wie ich Paulines Aufmerksamkeit von Claas ab- und auf mich hinlenken könnte. Mit dem Zaubermittel zur Eroberung der Damenwelt schlechthin: Musik.

Musik zieht immer. Klampfenschrubber und Tastenboys lassen die Mädchen dahinschmelzen, das habe ich schon zu oft selbst beobachten können und erleben müssen. Diesen Mechanismus mache ich mir zunutze und schreite selbst zur Tat: Indem ich den Troubadour (hört sich doch gleich viel beeindruckender an als Minnesänger, nicht wahr?) der Jetztzeit gebe. Wie das?

Ha, wer nicht singen kann (so wie ich) und wer kein Instrument beherrscht (so wie ich) und wer kein begnadeter Tänzer ist (so wie ich), kann sich immer noch in eine coole Musiknische retten und begeistern: Als Rapper. Mein unbedingter Wille zum Erfolg hat mich gestern bis Mitternacht wachgehalten und einen passablen Text hervorgebracht. Den ich mir gerade einzupauken bemühe. Ein Rapper muss seinen Text im Tiefschlaf beherrschen, um ihn dann ganz lässig darbieten zu können. An diesem Punkt enden jedoch meine konkreten Pläne. Texten: Erledigt. Üben: Bin gerade dabei. Ungefähr im letzten Drittel. Präsentieren: Großes Fragezeichen. Musikunterricht (Musiklehrer Schock würde wohl glatt einen bekommen) oder Pausenhof (zu großes, zu kritisches Publikum) scheiden aus. Vielleicht ein YouTube-Video?

Bis ich meine diesbezügliche Entscheidung zu treffen habe, nutze ich jedenfalls jede Gelegenheit zum Üben. Die verbleibenden zwei

Minuten bis Unterrichtsbeginn reichen für die letzten beiden Zeilen der zweiten Strophe. Geschafft!

Heute will ich nach Schulschluss eine Art Generalprobe für meinen Auftritt als Rapper machen. Gefragt ist hierzu ein Raum mit außergewöhnlicher Akustik. Voller Klang statt gedämpftem Labern im Hiphop-Rhythm. Was bietet sich da besser an als ein verlassenes Schülerklo?

Als endlich alle Klassenkameraden weg sind (ich glaube ich habe noch nie so langsam meinen Ranzen gepackt wie heute, daneben wäre eine Zeitlupe so etwas wie der Zeitraffermodus), suche ich die Sanitäranlagen des so genannten starken Geschlechts auf. Ich überprüfe sämtliche Kabinen auf unerwünschten lebenden Inhalt und schließe die Tür zum Flur, um mögliche unwillkommene Besucher möglichst früh wahrnehmen zu können.

Dann heißt es volle Konzentration. In Gedanken gehe ich die ersten Zeilen durch, damit ich ein Gespür für den Rhythmus bekomme, ehe ich tatsächlich loslege. Komm Toni, zeig, was du drauf hast, geh aus dir raus, du hast nichts zu befürchten, lass es krachen Junge!

Und ich lass es krachen! Während die erste Textzeile noch etwas verhalten klingt, da sie den dank der Fliesen und Kacheln ungewohnten Klangraum (die dritte Kabine auf der rechten Seite, irgendwie fühle ich mich mit Sichtschutz wohler) erkundet, gebe ich bereits mit der zweiten Vollgas und schmettere, was meine Kehle hergibt:

„Sie macht mich heiß,

ohne dass sie's weiß,

das ist kein Scheiß,

ihr kriegt es Schwarz auf Weiß!

Es gibt nur die Eine,

sie wird bald die Meine,

die oder keine,

sonst bleibe ich alleine.

P P P, wenn ich dich seh'

209

P P P, tut es fast weh!"

Für einen Moment glaube ich, ein Geräusch zu hören. Ich halte kurz inne und lausche. Meinen Schutzbunker verlasse ich dabei nicht. Ich warte großzügige zehn Sekunden, ehe ich von vorne beginne:

„Sie macht mich heiß,

ohne dass sie's weiß …

P P P, es tut fast weh!

Seh' ich ihre hübschen Locken,

bleibe ich nicht länger hocken,

sondern mach mich auf die Socken,

heute werd' ich's nicht verbocken!

Sie macht mich heiß,

ohne dass sie's weiß …"

Ich übe meinen Rap insgesamt dreimal. Nach dem letzten Durchgang nach dem letzten Wort schleicht sich ein vorwitziges Lächeln in mein zufriedenes Gesicht. Bis es das Einschnappen des Türschlosses verjagt.

Ich stürze zu meiner Kabine hinaus. Kein Mensch zu sehen. Klar, längst weg. Den Blick auf den Flur kann ich mir dann wohl auch sparen. Hätte mein Zuhörer (insgeheim hoffe ich immer noch, dass ich mich täusche) ein Interesse daran gehabt, mir zu begegnen, wäre er sicher am heute gar nicht so stillen Örtchen geblieben, um mich mit einem Kommentar welcher Art auch immer zu erfreuen.

Als ich am nächsten Morgen das Klassenzimmer betrete, stecken meine Mitschüler ihre Köpfe über Saschas Smartphone zusammen und betrachten gemeinsam ein Video. Auch wenn der Sound ziemlich schlecht ist, kann ich bereits nach dem ersten Takt meinen Rap erkennen. Die Bande kugelt sich vor Lachen und johlt vor Begeisterung. Selbst die Mädchen schauen sich in Zweiergrüppchen das Video an. „Was ist das?", frage ich in die Runde, obwohl ich die Antwort längst kenne.

„Ein cooles Video auf Youtube, das Ben gestern hochgeladen hat." Ben ist Saschas Sportkumpel aus der Parallelklasse. „Er war vor der Fußball-AG nochmal für kleine Jungs und hat dabei dieses einmalige Konzert aufgenommen. Und für den Rest der Welt unter dem Titel „Die singende Klotür" hochgeladen. Der Knaller! Bisher schon 3000 Aufrufe. Ich habe es auch schon weitergeschickt. Hier willste sehen, Toni?"

Toni will und ist heilfroh, darüber, dass seine Stimme trotz des unerwarteten Erfolgs verzerrt klingt und nicht erkannt werden kann. DIESE Berühmtheit will ich dann doch nicht. Wenigstens ist Ben nicht auf den glorreichen Gedanken gekommen, die Füße des unbekannten Rappers mitzufilmen. Denn dann wäre ich dank meiner auffälligen grünen Sneakers sofort überführt gewesen. Glück gehabt!

„Hört sich fast wie Toni an", meint jetzt Annika aus der Mädchen-Ecke. Schnell widme ich mich dem Auspacken meines Rucksacks, um meinen roten Kopf zu verstecken. „Quatsch, Toni und Rap, das passt doch gar nicht zusammen!" Danke Lennart. „Das wäre ja wie Toni bei den Bayern!" Allgemeines Gelächter. Toni mag ja das

Wort Fußball vielleicht buchstabieren können, aber spielen? Fehlanzeige. Nochmals vielen Dank!

Fußball und ich sind wie die gegensätzlichen Pole beim Magneten. Wir stoßen uns gegenseitig ab. Mein erster Ballkontakt ist schmerzhaft gewesen: Papa hat mir Dreikäsehoch in der Erwartung, Vater einer Sportlegende zu werden, einen Lederball mit der Aufforderung „Fang!" zugeworfen, der ungebremst in meinem Gesicht genau auf meiner empfindlichen Nase gelandet ist. Das hat mich fürs Leben geprägt. Fortan habe ich jegliches Zusammentreffen mit einem Ball vermieden.

Nichtsahnend, dass das die Währung sein würde, mit der man später erst bei den anderen Jungs und dann auch bei den reizvoll gewordenen Mädchen hohe Gewinne erzielen könnte. Meine erzwungenen Begegnungen im Schulsport beim Völker- und Brennball sowie in höheren Jahrgangsstufen mit den klassischen Ballsportarten haben mir dann logischerweise den Ruf „hoffnungsloser Fall" eingebracht. Selbstredend, dass ich beim Wählen der Mannschaften immer als Letzter gewählt werde.

Obwohl heute Sportunterricht ist, eigentlich mein Horrortag der Schulwoche, betrete ich fröhlich pfeifend das Klassenzimmer. Schließlich wähne ich mich auf der sicheren Seite: Heute ist nämlich das Fußballspiel gegen die Parallelklasse angesetzt. Nach den beiden Siegen in der 5. und 6. Jahrgangsstufe wollen unsere Jungs den dritten Triumph in Folge schaffen. Kein Wunder, dass sie so aufgeregt zusammenknäueln, für sie steht ihre Ehre auf dem Spiel und damit viel. Das ist etwas, das ich überhaupt nicht verstehen kann: Dass Fußball, ein eigentlich sympathisches Spiel (nur eben nichts für mich), seine Spieler oder Fans bisweilen in Kampfmaschinen oder brüllende Monster verwandeln kann. Das will mir einfach nicht in den Kopf. Es ist doch nur ein Spiel, oder?

Jetzt kommt ein geknickter Felix hereingeschlichen, trottet auf die Jungentraube zu und redet leise mit ihnen. Was seine Mitteilung auslöst, ist beeindruckend: Timos Gesicht wechselt zu einer zornigen Zombiefratze, Moritz brüllt entsetzt „Oh nein!", Eric rauft sich die Haare und Sascha tritt so fest gegen seine Sporttasche, dass sie mehrere Meter über den Boden rauscht. Eindeutig keine gute Stimmung in der Mannschaft. „Was ist los?", erkundigt sich Claas neugierig.

„Lennart und Niklas fallen mit Grippe aus!", stößt Sascha hervor. Niklas hat bereits gestern gefehlt, Lennarts Erkrankung muss gerade Felix verkündet haben. „Dann wird das Fußballspiel eben um eine Woche verschoben!", versuche ich die Stimmung aufzuhellen. Eric schüttelt den Kopf. „Möller hat gesagt, eine Spielverschiebung gibt es nur dann, wenn eine Klasse keine elf Mann zusammenbekommt!"

Es dauert einen Moment, bis Erics Antwort sich durch meine Hirnwindungen gearbeitet und mein Rechenzentrum erreicht hat. Er will sagen, dass ICH heute der elfte Mann sein werde. Mein Entsetzen muss meinem Gesicht abzulesen sein, denn Eric nickt mir zu: „Du musst mitspielen, Toni!" Sascha jault auf. „Dann können wir gleich einpacken!" Diese Bemerkung ist zwar nicht sehr nett gewesen, bringt aber die Sache auf den Punkt.

„Ich habe aber keine Sportsachen mitge-nommen!", wage ich einen vorsichtigen Flucht-versuch aus meiner misslichen Lage. „Lennarts

Sportsachen sind hier", erklärt Philipp. „Er nimmt sie nur einmal im Monat mit nach Hause."

Na prima. Da Lennart im Gegensatz zu mir schon mitten in seinem Wachstumsschub steckt, werden mir seine Klamotten nicht nur um den Leib schlottern, sondern auch noch lecker nach ihm duften. Und die Schuhe sind gleich drei Nummern größer als meine. Tolle Aussichten!

„Aber ich kann doch gar nicht Fußball spielen", versuche ich erneut mein Glück, meinem drohenden Schicksal der Totalblamage zu entgehen. „Das weiß doch auch der Möller!"

Timo rollt genervt mit den Augen. „Klar weiß er das, ist ja kaum zu übersehen. Aber Regel ist Regel. Du musst spielen!" Und schon entbrennt über meinen Kopf hinweg eine hitzige Debatte darüber, an welcher Position der Mannschaft ich den geringsten Schaden anrichten würde. Da ich laufmäßig eher im schnelleren Schneckentempo unterwegs bin und im Kicken unterirdisch – entweder ich treffe den Ball erst überhaupt nicht oder er bewegt sich dann nur um wenige Zentimeter weiter, das dann jedoch nicht in die eigentlich vorgesehene Richtung – einigt man sich rasch auf das Tor. Der Sturm traut sich genügend Tore zu, um die Zahl derjenigen auszugleichen, die ich reingesemmelt bekomme, wenn die starke Abwehr versagen sollte. Heute will die 7b mit zehn Mann verteidigen.

Als ich dann zu Beginn der dritten Stunde in viel zu großen Klamotten in viel zu großen Schuhen mit bratpfannengroßen Handschuhen in meinem riesigen Tor stehe, versuche ich die Erinnerung an mein blutiges Näschen in jungen Jahren zu verdrängen und mich auf meine Aufgabe zu konzentrieren: Meinen Kasten sauber zu halten.

Möller hat seinerzeit die schuleigenen Fußball-wettbewerbe mit der Begründung in den März gelegt, dass er dann noch Talente für die Turniere im Frühsommer sichten könnte. Außerdem schade ein bisschen Kälte nieman-dem, und die Spieler würden sich notgedrungen mehr bewegen. An den bibbernden Torwart hat er dabei wohl nicht gedacht. Die gackernde Mädchenschar, die sich an der Seitenlinie tummelt, um die Sportskanonen anzuhimmeln und anzufeuern, blende ich ebenfalls aus. Insgeheim erhoffe ich mir höchstens fünf

Gegentreffer. Laut ausgesprochen habe ich diese Zahl natürlich nicht. Schließlich will ich meine Mannschaft nicht demotivieren.

Kurz vor Spielende steht es dann tatsächlich unentschieden 3:3. Als Möller die letzte Minute ankündigt, bete ich, dass die Gegner nicht mehr in Ballbesitz kommen. Doch Unglücksrabe Jonas verliert bei einem überflüssigen Dribbling für die Galerie der Damen das Leder, sodass Theo ihn dem in Tornähe lauernden Max zuspielen kann, der sich beängstigend rasch auf mich zubewegt. Entschlossenheit und Zuversicht sind ihm ins Gesicht geschrieben.

Panik breitet sich in mir aus. Was soll ich tun? Ihm entgegengehen oder auf der Linie stehen bleiben? Warum pfeift Möller nicht endlich ab?

Die Rufe meiner Leute kommen nicht an: Mit „Verkürz den Winkel!" und „Dräng ihn ab!" kann ich nichts anfangen.

Eric legt einen irren Sprint ein, um Max doch noch am Torschuss hindern zu können. Der Verfolgte hat aus dem Augenwinkel die Bewegung wahrgenommen und lässt sich zu einem verfrühten Schuss verleiten, der in der Eile auch nicht so hart gerät.

Meine Chance. Ich fixiere die sich drehende Lederkugel, breite meine Arme aus und fange sie tatsächlich auf. Ich bin ein Held!

Doch bei den Gegnern brandet Jubel auf. Siegessicher reißen sie die Arme nach oben und lassen sich von ihren Klassenkameradinnen feiern.

Claas kommt auf mich zu und klopft mir tröstend auf die Schulter. Ich verstehe immer noch nicht, was los ist. Bis ein sichtlich gefrusteter Sascha die Erklärung liefert: „Da fängt Fischer einmal in seinem Leben einen Ball und dann steht er hinter der Linie!"

Tor für den Gegner.

13) Hilfe, Sabotage!

Nachdem ich mir gestern unmittelbar nach dem Abpfiff noch etliche weniger nette Kommentare über mein Torwartversagen habe anhören müssen, war die Sache heute schon wieder kaum mehr der Rede wert. Die Jungs wähnen sich als eigentliche Sieger, deren Triumph allein durch einen unvorhersehbaren Schicksalsschlag in Gestalt eines unfähigen Schlussmannes verhindert wurde. Die Mädchen ihrerseits verarbeiten die unglaubliche Neuigkeit, dass sich Annika von ihrer taillenlangen Mähne getrennt hat und nun eine schulterlange Frisur trägt.

Der Schultag plätschert ereignislos dahin, sodass ich genug Zeit habe, mich gedanklich dem Thema Pauline zu widmen. Über den Stand unserer Beziehung nachzugrübeln. Die in Wahrheit gar keine ist. Oder besser gesagt eher ein Problem. Um kein Missverständnis aufkommen zu lassen: Pauline selbst ist natürlich kein Problem.

Manchmal habe ich sogar den Eindruck, dass Pauline mich irgendwie anders als die anderen Mädchen anschaut. Und mich heimlich beobachtet, wenn sie denkt, dass ich das nicht mitbekomme. Was aber, wenn ich ihr gegenüber offen wäre und sich dann herausstellt, dass ich in meiner blinden Verliebtheit ihr Verhalten völlig falsch wahrgenommen und gedeutet habe? MEGAPEINLICH!.

Was aber, wenn sie selbst nur zu schüchtern ist, den ersten Schritt zu machen und sie mich ebenso heimlich anschmachtet wie ich sie, ohne das eigene Gefühl zu verraten? MEGA-TRAGISCH.

Zwischen diesen beiden extremen Polen gibt es leider keine erträgliche Lösung. Klar, das berühmte, „sich gut verstehen", aber das ist mir nicht mehr genug. Ich will wissen, woran ich bin.

Woran ich bei Pia bin, erfahre ich dann nach Unterrichtsende im Fahrradkeller. Ich staune nicht schlecht, als ich merke, dass sie dort genau auf meine Person wartet. Ich bin der Letzte aus unserer Klasse, da ich diese Woche zusammen mit Claas Tafeldienst habe, den wir uns wie immer tageweise aufteilen, der Freitag wird gelost. Alle sind längst weg, nur noch wenige Fahrräder warten auf ihre Besitzer.

Während ich mich noch wundere, dass Pia nicht wie sonst mit ihrer besten Freundin Lotte abgezischt ist, sondern mit ihrem mintfarbenen Hollandrad direkt neben meinem Rad Stellung bezogen hat und eindeutig meiner Wenigkeit auflauert, ergreift sie auch schon das Wort:

„Hallo Toni", setzt sie an. „Ich habe hier auf dich gewartet." Ach nee. Das hätte jetzt keiner bemerkt. „Ja?", entgegne ich, wobei ich mich bemühe, möglichst neutral, aber dennoch freundlich und interessiert in ihr für mich uninteressantes Gesicht zu schauen.

„Ich will mit dir reden", fährt sie nun fort. Ach nee. Das hätte jetzt auch keiner gedacht. Bevor uns jemand sehen und falsche Schlüsse ziehen kann, versuche ich, das Gespräch zu beschleunigen, will heißen abzukürzen. „Was gibt´s?", erkundige ich mich und öffne dabei mein Fahrradschloss.

Als nun eine Redepause folgt, hebe ich den Blick und schaue sie aufmunternd an in der Hoffnung, ein „Nun mach endlich!" mit den Augen wirkt nicht so unfreundlich wie ein ausgesprochenes.

Als Pia dann tief Luft holt, weiß ich bereits, dass etwas Problematisches kommen würde. „Das Kreideherz letzte Woche …" Oh Nein! Das Thema nimmt eine Wendung, die Böses ahnen lässt. „Du weißt schon, das im Pausenhof …"

Ich nicke bloß, da mir keine unverfängliche Antwort einfällt. „Das war doch von dir, oder?", will sie wissen. Au weia, alles, was ich jetzt sage, kann nur falsch sein! „Nein!", stoße ich panisch hervor. Das ist zumindest nicht gelogen, schließlich ist ja Claas der Künstler gewesen.

Worauf Pia ihre Augen zu schmalen Schlitzen zusammenkneift und ihre Stimme um mindestens zehn Grad abkühlt: „Mit dem T bist nicht du gemeint?", bohrt sie nach, und ich fühle mich plötzlich wie das sprichwörtliche Kaninchen vor der Schlange. Daher stammele ich rasch: „Doch, doch, das bin ich!"

Sofort leuchten ihre Augen wieder auf und ihr Ton wird zuckersüß: „Ich finde dich nämlich auch nett". Wimpernklimpern und eine uneingeladene Hand auf meinem rechten Unterarm. „Zunächst bin ich etwas verwirrt gewesen", erklärt sie weiter. Aha, so nennt sie jetzt ihren entsetzten Blick von jenem Tag. Da habe ich wohl etwas falsch interpretiert.

„Aber dann habe ich die Idee superniedlich gefunden." Ein keckes Lachen, eine Spur zu schrill. „Und dich plötzlich auch". Sie senkt die Stimme und blickt mir tief in die Augen. „Also, wenn du willst, können wir gerne miteinander gehen!"

Sie strahlt mich an in Erwartung ihres Erfolgs, das derzeit einzige Mädchen unserer Klasse zu sein, das einen Freund vorweisen kann. Da würde sie sogar mich, den langweiligen Toni, nehmen.

Ihr lächelndes Gesicht nähert sich hoffnungsvoll meinem entgeisterten. „Ich habe natürlich sofort gewusst, dass ich mit dem süßen P gemeint bin." Sie formt einen Kussmund und kommt meinen Lippen gefährlich nahe.

Hilfe! Das Gespräch läuft total in die falsche Richtung, ich muss dringend die Reißleine ziehen!

„Das bist du aber nicht!", stelle ich klar. „Mit dem P ist eine andere gemeint!" Pias Reaktion auf meine Eröffnung weckt in mir Zweifel, ob die Wahrheit tatsächlich immer die richtige Lösung darstellt. Ihre eben noch verführerisch geschürzten Lippen verzerren sich, ihre eben noch schmachtenden Augen funkeln nun böse. Ihre Stimme sinkt in den Eiskeller. „Das wirst du noch bereuen", droht sie, „dass du mir eben weh getan hast."

Das werde ich schon überleben, denke ich mir insgeheim. Ich erspare ihr und mir eine Antwort, da in diesem Moment alles nur verkehrt sein kann. Geh endlich, flehe ich sie im Sillen an, dann ist die peinliche Situation für uns beide schneller vorbei! Erleichtert registriere ich, wie Pia zu ihrem Rad geht. Geschafft. Die Sache ist geklärt. Allerdings nicht für Pia, denn sie dreht sich ein letzte Mal zu mir um und zischt mir zu: „Und die echte P noch vielmehr!"

Zu früh gefreut. Verdammter Mist. Jetzt stecke ich in einer Zwickmühle: Wenn ich mich weiterhin um Pauline bemühe, wird Pia sofort wissen, wer die geheimnisvolle P ist und ihre Wut auf mich an einem unschuldigen Opfer auslassen. Das muss ich verhindern. Ich muss Pauline beschützen. Das geht aber nur, wenn ich null Interesse an ihr zeige, obwohl ich ununterbrochen an sie denken muss. Ich weiß nicht, wie ich das schaffen soll. Warum muss immer alles so kompliziert sein? Wie ich die Sache auch drehe und wende, es gibt keine zufriedenstellende Lösung für mich.

Am nächsten Morgen startet Pia ihren Rachefeldzug gegen mich. Ihre erste Aktion besteht in einer Wasserlache auf meinem Stuhl. Zwar ein alter Trick, doch ich falle prompt darauf rein und hole mir einen nassen Hosenboden. Ich weiß sofort, wem ich den Ärger zu verdanken habe und nehme mir vor, künftig bei Pia besser auf der Hut zu sein.

Anscheinend ist sie noch nicht auf ihre Nebenbuhlerin gekommen, weil sie Pauline für nicht begehrenswert genug hält bzw. die Parallelklasse und Jahrgangsstufe unter uns auch verschiedene Ps im Angebot haben: Paula, Patricia, Phoebe, Philine und Pia-Sophie. Die ich allesamt als die jüngeren Schwestern von irgendjemandem oder die Kinder von Bekannten meiner Eltern kenne. Oder einfach deswegen, weil an der Klassenzimmertüren der Unterstufe Fotos mit Namen hängen, die man irgendwann einmal alle gelesen und im hintersten Hirnwinkel für Gelegenheiten wie diese abgespeichert hat. Glück gehabt. Pauline scheint zunächst wohl aus der Schusslinie zu sein, denn für einen Schuss ins Blaue ist Pia dann doch zu feige. Jedoch nicht für Gemeinheiten aus der untersten Schublade, wie ich bald feststellen sollte.

Während der Sportstunde schlägt Pia dann zum zweiten Mal zu. Wir spielen Basketball, und als sie sich den Ball prellend unserem Korb nähert, stelle ich mich ihr in den Weg und breite die Arme aus, um sie als lebendes Hindernis am Weiterlaufen zu hindern, was ja nun die Aufgabe der Abwehr ist. Sie läuft jedoch geradewegs in mich rein, sodass ich ins Stolpern gerate und mich unwillkürlich an ihr festhalte.

Darauf scheint sie nur gewartet zu habe, denn sie ruft empört: „Behalte deine Dreckspfoten bei dir!" Damit auch der Letzte kapiert, worum es gerade geht, setzt sie noch ein: „Das ist ja widerlich, Mitschülerinnen anzutatschen!" hinzu.

Obwohl ich natürlich unschuldig bin, werde ich rot. Hoffentlich deutet Möller das jetzt nicht als

Schuldeingeständnis von mir. Nein. Er wirft mir einen prüfenden Blick zu. Ich zucke mit den Schultern. Pias Auftritt verpufft ins Leere, das Spiel geht weiter. Doch in mir bleibt ein blödes Gefühl zurück.

In der Pause behauptet sie dann frech, dass ich sie heimlich fotografiert und ihr dann ein fieses Snapchatbild geschickt hätte. Um ihre Anschuldigung zu untermauern, zeigt sie ihren Freundinnen einen angeblichen Screenshot, den sie dann jedoch sofort „aus Versehen" löscht, als ich sie auffordere, ihn mir bitteschön zu zeigen.

Das empörte Summen der Mädchen ist natürlich bis zu unserer Ecke herübergedrungen, und eine derartige Behauptung kann ich unmöglich einfach so im Raum stehen lassen. Pia weiß, dass ich weiß, dass ihre Geschichte erlogen ist. Und sie weiß auch, dass ich ihr jetzt nicht das Handy entreiße, um mich von ihren Vorwürfen vor den anderen reinzuwaschen. Doch das habe ich glücklicherweise auch nicht nötig.

Mein „Das kann überhaupt nicht von mir gewesen sein, weil ich Snapchat auf meinem Smartphone   gar   nicht   installiert   habe!"

überzeugt. Umso mehr, als ich mein Gerät freiwillig durch die Reihen der Jungen wandern lasse. Denn freiwillig gibt niemand sein Smartphone aus der Hand in neugierige andere.

Doch Pia gibt nicht auf. Während der zweiten Pause erzählt sie ihrer Clique, ich würde sie schon seit mehreren Wochen stalken: Sie nach dem Klavierunterricht abpassen und mit dem Fahrrad verfolgen (Ich habe bis heute gar nicht gewusst, dass sie überhaupt Klavier spielt, geschweige denn, wann und wo). Abends vor dem Haus ihrer Eltern stehen und auf ihr Fenster starren (weder kenne ich ihre Adresse noch die Lage ihres Zimmers). Immer wieder anrufen und auflegen, wenn jemand rangeht (Ich gebe zu, dass ich das tatsächlich schon mal gemacht habe. Allerdings aus Angst: Als ich bei meinem Zahnarzt anrufen sollte, um einen Termin wegen meiner Zahnschmerzen zu vereinbaren).

Außerdem würde ich sie immer anstarren, „so mit Blicken ausziehen" (Das ist die dümmste Behauptung von allen, ich, der ich bei jeder Kleinigkeit mit unangenehmem Rotwerden reagiere. Ich soll sie anzüglich anschauen. Dass ich nicht lache).

Woher ich diese Informationen habe? Claas' Cousine Maike zählt zu besagter Mädchentruppe um Pia und hat nicht schlecht über die Story des angeblichen Stalkers Toni gestaunt. Besagter ist ihr bisher eher als schüchterner, beinahe verklemmter Kerl bekannt denn als wilder Wüstling.

Als Maike dann auf uns zu stapft, ahne ich, dass es mit dem soeben beobachteten theatralischen Auftritt Pias vor ihrem nach Sensationen gierenden Publikum zu tun haben muss. „Sag mal, stimmt das, was Pia da behauptet", fragt sie ohne Umschweife. „Du würdest sie seit Wochen auf eine miese Tour stalken?" Angesichts dieser ungeheuren Behauptung fällt mir die Kinnlade runter und ich bringe keinen Ton heraus. Dafür Claas. „Hat diese Schnepfe noch alle?!?", schimpft er los. „Toni würde so einen Quatsch niemals tun!"

Ehe ich mich aus meiner Schockstarre lösen und irgendeine Reaktion zeigen kann, stürmt mein bester Freund auf Pias Runde zu, um klarzustellen, was klarzustellen ist. In einer Lautstärke, die noch den letzten Winkel des Pausenhofs erreicht: „Dieser Stalking-Mist stimmt nicht, das ist alles Lüge!"

Das wäre der richtige Zeitpunkt gewesen, mit dem Reden aufzuhören. Leider meint es Claas zu gut und legt noch eine Schippe drauf: „Außerdem liebt Toni seit Wochen eine andere!" Sein Blick bleibt dabei an Pauline hängen, die mit Merle in einiger Entfernung zu Pias Clique steht. Genauso gut hätte er Paulines Namen mit einem Megaphon hinausposaunen können. Danke, Class. Jetzt weiß die ganze Schule Bescheid!

Pia hingegen ist sogar jetzt noch abgebrüht genug, um auf Claas' Vorwurf cool zu reagieren: „Als sein Freund musst du das ja sagen", setzt sie an. „Da steht meine Aussage gegen deine." Auffordernd blickt sie in die Runde. „ Nun muss jeder selbst entscheiden, wem er glaubt."

Ihr giftiger Blick Richtung Pauline zeigt, dass sie meine heimliche Flamme mit Claas' Hilfe zweifelsfrei erkannt hat.

In diesem Augenblick beendet glücklicherweise der Pausengong die hässliche Auseinandersetzung. Sascha brummt etwas von „Weibergezicke", was wohl die meisten Jungs genauso sehen. Heute geifernde Furien, die am nächsten Tag schon wieder engste Freundinnen sind. Oder das nächste Gerücht ausschlachten.

Moritz kommentiert auf die humorvolle Tour: „Ich glaube, man nennt das Pubertät." Nur Philipp fragt neugierig: „Bist du wirklich in Pauline verknallt, Toni?" Keine Antwort meinerseits ist eine eindeutige.

Wenn ich nun geglaubt (oder gehofft?) habe, dass für Pia das Thema damit erledigt sei, dann habe ich mich schwer getäuscht. Pustekuchen. Ihre hinterlistigen Aktionen gehen weiter. Lediglich ihr Zielobjekt hat sich geändert.

Aus der Rufmordaktion gegen mich macht sie eine Kuppelshow für Timo und Pauline. Nach dem Motto: Wenn er mich nicht will, soll er die andere auch nicht kriegen. Wenn er sie mit einem anderen sieht, weiß er, wie mies sich unerfüllte Sehnsucht anfühlt.

Doch ich greife vor.

Pia muss das gesamte Wochenende an ihrem Plan gefeilt und seine Umsetzung vorbereitet haben.

Am Montag findet Pauline an ihrem Platz einen anonymen Liebesbrief.

Am Dienstag findet Timo in seiner Jacke einen anonymen Liebesbrief.

Am Mittwoch finden beide in ihrer Sporttasche ein Marzipanherz mit Grußkarte. Anonym zwar, aber voller romantischer Komplimente und feuriger Wünsche.

Am Donnerstag bekommen beide eine Kinokarte für die Samstagabendvorstellung.

Am Freitag schließlich hängt ein Plakat am Schultor: Timo liebt Pauline. Mit einem Schnappschuss der beiden in eindeutig zweideutiger Situation. Pia muss Timo und Pauline heimlich fotografiert und anschließend daraus die gelungene Fotomontage erstellt haben.

Am Ende zeigen Pias plumpe Manipulationsversuche tatsächlich Erfolg.

Das Immer-wieder-mit-der-Nase-auf-Pauline-gestoßen-zu-Werden hat Timo nämlich dazu gebracht, Pauline einmal mit anderen Augen als bisher zu betrachten. Sie statt als zufällige

Klassenkameradin nun als mögliche Partnerin zu sehen.

Auch Pauline scheint in puncto Timo nachdenklich geworden zu sein. Wie dem auch sei, das Miststück Pia hat es jedenfalls geschafft, Timo dazu zu bringen, Pauline für den Nachmittag ins Schwimmbad einzuladen. Und Pauline hat allen Ernstes Ja gesagt! Ich könnte heulen!

Pia mit ihrem Rad neben meinem wartend verheißt nichts Gutes, wie mich die Geschichte gelehrt hat. „Geben Pauline und Timo nicht ein schönes Paar ab?", fragt sie mit zuckersüßer Stimme und falschem Lächeln. „Die Jungs wollen heute Nachmittag fast alle kommen, um zu gucken, ob die beiden rumknutschen!"

Ich versuche, ihre boshaften Bemerkungen an mir abprallen zu lassen und behandle sie wie Luft.

Zu meinem Erstaunen macht mir Pia dann einen ungewöhnlichen Vorschlag. „Weißt du, Toni, du kannst Pauline immer noch für dich gewinnen!" Und ich Idiot schnappe auch noch gleich gierig nach dem Köder. „Ach, ja?", kleide ich meine zarte Hoffnung in einen spöttischen Ton.

„Es ist ganz einfach", erklärt Pia. „Wenn du Pauline wirklich liebst, musst du es ihr laut sagen und durch eine Heldentat beweisen."

Haha, selten so gelacht. Nichts leichter als das. „Ich denke darüber nach". Meine Antwort ist noch nicht das, was Pia will. Sie wünscht sich einen atemberaubenden Zweikampf. Heute noch. Im Schwimmbad. „Du solltest damit aber nicht zu lange warten, Toni", gibt sie zu bedenken. „Wenn du gegen Timo nicht den Kürzeren ziehen willst, solltest du lieber heute Nachmittag auch ins Schwimmbad kommen. Wir werden auch alle da sein." Mit Wir meint sie die Damenriege.

Na toll. Die komplette Klasse als Zeugen vor Ort, wenn ich die vermutlich größte Blamage meines bisherigen Lebens kassiere.

Noch ehe mir mein Gehirn eine Warnung schicken kann, löst sich bereits meine vorwitzige Zunge: „Ich muss zwar noch was erledigen, aber danach komme ich."

Pia lacht: „Du solltest dich besser beeilen."

Dir wird dein Lachen noch vergehen, blöde Kuh!

14) Dann eben ohne mich!?

Gibt es für einen männlichen Pubertierenden etwas noch Peinlicheres, als beim Heulen erwischt zu werden?

Ja, gibt es: Wenn es sich bei derjenigen Person ausgerechnet um die eigene Flamme handelt. Aber der Reihe nach.

Bei der Erledigung vor dem unumgänglichen Schwimmbadbesuch handelt es sich um das Abliefern des Verlobungsringes meiner Mutter bei einem Juwelier, der das besagte Stück um zwei Größen weiter machen soll, damit es wieder passt. Ich habe Papa versprochen, das heute noch zu erledigen, damit seine Überraschung bis zum baldigen 18. Hochzeitstag auf jeden Fall fertig werden würde.

Als ich ihm gestern dafür meine Zusage gegeben habe, ist ja das Thema „Er-oder-ich-Finale im Schwimmbad" noch nicht aktuell gewesen. Jetzt passt mir der Auftrag so gar nicht in den Kram, da ich Angst habe, mit jeder Minute, die ich darauf verwende, meinem Mitbewerber Timo einen Vorteil zu verschaffen.

Daher schieße ich wie ein hyperaktives Aufzieh-
männchen durch die Gegend, um möglichst
rasch möglichst vieles zu erledigen.

Am besten alles gleichzeitig.

Schmuckstück einpacken (ohne zugehörige
Schachtel, denn Mama würde sofort merken,
wenn in ihrer Lade ein Schächtelchen fehlen
würde). Schwimmsachen einpacken. Geldbeutel
nicht vergessen. Stadtplanausschnitt mit dem
Juwelier abfotografieren. Sicher ist sicher. Und
dann los.

Ich sitze schon auf meinem Fahrrad und will ein
letztes Mal kontrollieren, ob der Ring noch brav
an seinem Platz ist, als ich zu meiner Bestürzung
ins Leere greife. Wieder und wieder. Das blanke
Entsetzen überfällt mich. Der Ring ist weg! Das
darf nicht sein! Papa reißt mir den Kopf ab, wenn
ich ihn verloren habe.

Ich kann mir zwar nicht vorstellen, dass dieser
Ring sehr wertvoll ist (leiden junge Leute nicht
immer unter ständigem Geldmangel?), aber sein
ideeller Wert dürfte unermesslich sein. Dieses
romantische Erinnerungsstück an die Verlobung
ist nicht mit Geld aufzuwiegen. Ich muss ihn

wiederfinden! Nach dem fünften vergeblichen Griff in meine Jackentasche tigere ich panisch in und vor der Garage auf und ab in der Hoffnung, den Ring irgendwo auf dem Boden zu entdecken. Ich teile die Fläche in Streifen ein und laufe sie wieder und wieder ab, als ob ich beim dritten Durchgang mehr sehen könnte als beim ersten.

Als die Erkenntnis in mein Bewusstsein sickert, dass der Ring wohl tatsächlich weg ist und ich meinem Vater den Verlust würde beibringen müssen, schießen mir die Tränen in die Augen. Ich habe eigentlich nicht nahe am Wasser gebaut, ja, ich kann mich gar nicht mehr daran erinnern, bei welcher Gelegenheit ich das letzte Mal geheult habe. Entweder vor drei Jahren, als ich mir bei einem Sturz mit dem Fahrrad den linken Unterarm gebrochen habe oder beim Begräbnis meiner anderen Oma im vorletzten Herbst. Aber seitdem? Ich wüsste nicht.

Doch heute ist es wieder soweit. Die Tränen rollen mir übers Gesicht und ich kann sie nicht aufhalten. Ich bin mir nicht einmal sicher, ob ich das überhaupt will. Manchmal tut Weinen richtig gut. Gerade in diesem Moment fühlt es sich richtig und wohltuend an. Nach dem Mist der letzten Zeit und der Angst vor dem Nachher ist der verschwundene Ring nur der Auslöser für meine Tränen.

Während ich so vor mich hin schluchze und schniefe, merke ich nicht, dass sich Pauline mit ihrem Rad nähert. Klar, ihr Weg zum Schwimmbad führt durch unsere Straße.

Als sie mich anspricht, ist es zu spät, als dass ich meine Flennerei noch vor ihr verbergen könnte. „Alles okay?", erkundigt sie sich mit behutsamer Stimme.

Eigentlich eine blöde Frage. Zeige mir EINE heulende Person, bei der alles in Ordnung ist! Gut, vielleicht bei der Brautmutter. Aber ansonsten heult niemand grundlos. Und genau genommen die Brautmutter auch nicht. Denn ihr Kind ist endgültig weg.

„Hast du dir wehgetan?", fragt Pauline weiter und tastet mich mit prüfendem Blick ab, als ob sie so eine Verletzung aufspüren könnte. Ich schüttle den Kopf und schniefe weiter. Meine Erklärung würde sich einfach nur blöde anhören, da lass ich es lieber gleich sein. Dann lebe ich lieber mit dem Ruf, eine Heulsuse zu sein.

Doch Pauline lässt nicht locker. „Was ist los, Toni", hakt sie nach. „Kein Mensch weint einfach so." Das „erst recht kein Junge" erspart sie mir gnädigerweise. „Vielleicht kann ich dir ja helfen?", bietet sie an. „Musst du nicht ins Schwimmbad?", lenke ich vom Thema ab. „Eilt nicht", behauptet Pauline. „Also, raus mit der Sprache, was ist los?", befiehlt sie nun.

Und so erzähle ich ihr die Geschichte von dem verlorenen Ring.

„Er kann nicht einfach weg sein!", erklärt Pauline bestimmt, als ich mit meiner Erklärung fertig bin. „Nichts löst sich einfach so in Luft auf!" Kurzes Schweigen, offensichtlich dem Nachdenken gewidmet. Dann bombardiert sie mich Fragen, die ihre praktische Seite zeigen: „Hast du ihn vielleicht gar nicht eingesteckt, sondern denkst es nur? Wo bist du überall gewesen, nachdem du den Ring eingesteckt hast? Wo genau hast du ihn das letzte Mal ganz sicher gesehen?"

Ich überlege. „Ich habe den Ring ganz sicher in meine Jacke getan. Er lag in der Schale für die

Schlüssel auf dem Schuhschrank." In Gedanken wiederhole ich meine Bewegungen. „ Ich habe ihn genommen und in die Jackentasche gesteckt." Worauf Pauline energisch entgegnet: „Dann muss er dort noch sein. Es sei denn, er ist auf den Boden gefallen!" Ich schüttle den Kopf. „Ist er nicht. Das hätte ich gehört. Wir haben Fliesen im Flur".

Wie ein Detektiv tastet sich Pauline weiter vor: „Rechts oder links?" Mein verwirrter Blick angesichts dieser Frage lässt sie ungeduldig werden. „Hast du ihn in die rechte oder in die linke Jackentasche getan?" Da muss ich nicht lange überlegen. „Wichtige Sachen kommen immer in die linke", erkläre ich. Hört sich schon ein wenig plemplem an. Wenigstens will sie jetzt nicht wissen, was rechts drin ist.

„Und die ist jetzt leer?", forscht Pauline nun nach. Ich nicke frustriert. „Ich habe schon mindestens fünfmal kontrolliert." Da kommt Pauline ein Geistesblitz: „Ist das nicht die Seite, auf der du neulich den Hundehaufen versteckt hast?"

Mensch, Pauline, das ist es!

Ich lache kurz auf. Am liebsten würde ich sie aus Dankbarkeit umarmen und küssen. „Klar", strahle ich sie an. „Das ist die Lösung! Das Futter ist auf dieser Seite kaputt. Der Ring muss weitergewandert sein!" Hastig taste ich die Jacke rundherum ab und stoße zu meiner Freude schon bald auf etwas Hartes.

„Ich habe ihn", juble ich.

Doch bis ich den kleinen Übeltäter zurückgepfriemelt und aus dem Riss nach draußen befördert habe, ist Pauline mit einem fröhlichen „Tschüss!" schon längst davongeradelt. Ich stecke den Ring in meinen Geldbeutel und trete meinerseits wie ein Irrer in die Pedale, um Timos Vorsprung nicht zu groß werden zu lassen.

Als ich stolze 30 Minuten später völlig abgehetzt die Schwimmhalle betrete, erwarten mich sämtliche Jungs der Klasse, die Damenwelt ist immerhin in halber Stärke aufgeboten. Da kein „Heulsusen"-Sprechchor angestimmt wird, hat Pauline nichts von meinem tränenreichen Missgeschick erzählt.

Das rechne ich ihr hoch an, wo doch ein heulender Halbstarker ein gefundenes Fressen für die Klatschbasen bzw. die Lästermäuler gewesen wäre. Als Junge vor anderen Tränen zu vergießen ist ein absolutes No-Go.

Timo und Pauline haben erwartungsgemäß ihre Handtücher nebeneinander platziert, schließlich haben sie ja eine Verabredung. Dennoch liegen sie für meinen Geschmack eindeutig zu eng zusammen. Da Merle ihr geliebtes Tennistraining wichtiger als das erste Date ihrer besten Freundin ist und die anderen Mädchen aus unsere Klasse das Geschehen lieber aus einiger Entfernung beobachten (und wohl im Sekundentakt kommentieren) wollen, hat sich Claas auf der anderen Seite von Pauline niedergelassen und winkt mich nun eifrig zu sich. Mit möglichst unbeteiligter Miene breite ich mein Badetuch aus und setze mich hin.

Pauline zeigt jedenfalls keine Reaktion auf mein Erscheinen. Habe ich wirklich erwartet, dass sie mich nochmals auf den Ring anspricht? In diesem Fall wäre sie Timo eine Erklärung schuldig gewesen und ich selbst Gefahr gelaufen, unangenehme Fragen beantworten oder hämische Bemerkungen einstecken zu müssen.

Oder schlimmstenfalls sogar Beides.

Bisher scheinen sich die möglichen Turteltauben noch nicht näher gekommen zu sein. Timo flachst mit Sascha und Eric rum, wobei er aus dem Augenwinkel Paulines Reaktionen beobachtet. Doch da gibt es nichts zu beobachten, habe ich auch nicht anders vermutet. Ist doch klar, dass Pauline mit Großmäulertum allein nicht zu erobern ist. Philipp zwinkert Timo zu und schneidet seltsame Grimassen, die sich mit viel Phantasie als Auffoderung zu mehr Einsatz oder Körperkontakt deuten lassen.

Nach den starken Sprüchen folgen nun die Großtaten. Es geht los mit zwei Bahnen Wettschwimmen der Meute, bei dem am Ende erwartungsgemäß Jonas als Erster anschlägt. Kein Wunder, schließlich trainiert er seit seinem fünften Lebensjahr in einem Schwimmverein und nimmt regelmäßig an Wettkämpfen teil. Seine tolle Technik kann selbst Eric mit seiner enormen Muskelkraft nicht ausgleichen.

Anschließend geht es nach oben. Die Jungs erklimmen den 3m-Turm und zeigen den Mädchen, was sie für Kunststücke drauf haben. Nun verabschiedet sich auch Claas von mir und macht mit. Zu meinem Leidwesen haben die Springer so Einiges drauf: Formvollendete Kopfsprünge, Rückwärtssalto, Vorwärtssalto und Timo sogar Vorwärtssalto in den Kopfsprung hinein. Sieht toll aus.

Die Runde, bei der ich gar nicht mitgemacht habe, geht eindeutig an ihn.

Nun, da ich als einziger Junge etwas verloren am Beckenrand sitze, nähert sich Pia. Sofort begebe ich mich in Habachtstellung. Wo Pia aufkreuzt, ist Ärger nicht weit. Wetten, dass sie mir Ärger machen will?

Yep. Pia setzt sich in die Lücke zwischen Pauline und mich und kommt gleich zur Sache. „Ist das nicht toll, was die Jungs für Sprünge zeigen?", flötet sie und dann Richtung Pauline: „Timo ist der Beste!" Pauline nickt bloß.

Offensichtlich hat Pia da mehr erwartet gehabt, denn sie schaltet sofort einen Gang höher. Diesmal richtet sie das Wort an meine Wenigkeit: „Warum machst du nicht mit, Toni?" Falsche Schlange! Du weißt genau, dass ich neben den anderen keine gute Figur machen würde. „Keine Lust", brumme ich, was nicht einmal gelogen ist.

Als die triefenden Sportskanonen kurz bei der Damenecke vorbeischauen, fange ich Paulines bewundernden Blick Richtung Timo auf. Zumindest sieht er für mich eindeutig beeindruckt aus. Ist da nicht sogar ein wenig Stolz zu erkennen?

Als Timo kurz zu seinem Platz kommt, um etwas zu trinken, lacht er Pauline an und lässt ein paar Wassertropfen auf ihren Rücken perlen. Auf ihr kurzes Quieken reagiert er geschickt, indem er mit einem Zipfel ihres Badetuchs das Wasser wieder wegputzt und dabei kurz mit der bloßen Hand über ihren Rücken streicht, wo er sie am Ende lässig auf ihrem Schulterblatt liegen lässt.

Clever gemacht, muss ich eingestehen. Da Pauline nichts sagt, scheint sie damit einverstanden zu sein. Pech für mich. So fühlt es sich also an, auf die Verliererstraße einzubiegen.

Mein frustrierter Blick stachelt Pia an, mich noch mehr zu quälen, denn sie schlägt vor: „Wollt ihr nicht auch von den höheren Türmen springen?", erkundigt sie sich unschuldig. „Freitags wird um 17:00 Uhr immer der 10m-Turm freigegeben!".

Während die anderen Jungs über diesen Vorschlag diskutieren und sich die meisten diese Höhe nicht zutrauen, beobachte ich Pauline, die gespannt verfogt, wie die Entscheidung ausfallen wird. Huscht da nicht ein Lächeln über ihr Gesicht, als sich nur Timo und Sascha auf den 10m-Turm wagen wollen?

Auf diesen Moment hat Pia, die boshafte Natter, nur gewartet. Denn schon verspritzt sie ihr Gift in meine Richtungt: „Das wäre doch die Gelegenheit für dich, Toni!" Mit verschwörerischem Blick raunt sie leise. „Denk an unser Gespräch heute!"

Jetzt wird es für den Rest der Klasse so richtig interessant. Sie schauen erst zu Pia, dann zu mir. Neugier und Verwunderung liegen in ihren Blicken.

Claas bricht als Erster das gespannte Schweigen: „Verschweigst du mir etwas, Kumpel?" Ich schüttle den Kopf. „Nein, Pia hat mir nur einen Tipp gegeben."

Meine Antwort klärt die Lage nicht wirklich. „Was für einen Tipp denn?", fragt dann auch Pauline prompt.

Ausgerechnet Pauline.

„Wie man in Liebesdingen erfolgreich ist!", erklärt Pia eifrig. „Da bist DU natürlich Fachfrau für!", spottet Moritz in seinem eigenwilligen Deutsch. Dann zu mir: "Und, Toni, war der Tipp gut?" Nun schaltet sich auch Eric in das Gespräch ein. „Welches Girl willst du denn rumkriegen, Toni?"

Pia lacht: „Das wissen doch alle, dass Toni in Pauline verknallt ist!"

Das ist zu viel für mich. Diese von Pia ange-zettelte Quälerei halte ich keine Sekunde länger aus. Meine Nerven liegen blank. Ich fühle mich bloßgestellt und mickrig. Ich nehme wahlweise mitleidige, überraschte, abfällige oder schaden-frohe Blicke wahr.

Zu Pauline schaue ich gar nicht erst hin. Aus Angst. Aus Scham. Eigentlich möchte ich am liebsten nur weg. Meine Niederlage möglichst würdevoll annehmen und danach rasch abhauen.

Andererseits.

Andererseits ist das mit Pias Worten wirklich meine große Chance. Ich horche kurz in mich hinein, so wie am Abend meines Geburtstags, als alles begonnen hat.

Will ich Pauline für mich gewinnen? Ja!

Um jeden Preis? Ja, selbst dann.

Ich bin bereit, für ein lohnenswertes Ziel Grenzen zu überschreiten. Und Pauline ist kein lohnenswertes Ziel für mich. Sie ist mein Traum. Heißt es nicht immer, man soll seine Träume nicht aufgeben, sondern um sie kämpfen?

Genau das habe ich jetzt vor. Mein Verstand macht Pause und überlässt meinem Herzen das Kommando. Ich marschiere zielstrebig zur Sprunganlage, steige die ersten Sprossen hoch und frage die anderen beiden Helden: „Springt ihr jetzt mit oder nicht?"

Ehe ich es mir doch noch anders überlege oder mich ein besorgter Zeitgenosse daran hindern kann, steige ich unverdrossen die Leiter weiter aufwärts. Ab der Höhe des 5m-Turms schaue ich nicht mehr nach unten, sonder starre bemüht geradeaus. Es reicht völlig aus, wenn mich die große Angst erst ganz oben überfällt und nicht schon auf dem Weg dorthin.

Als ich endlich auf der Plattform des 10m-Turms angekommen bin, blicke ich erstmals nach unten zu den anderen. Dabei halte ich mich an der Sicherheitsreling fest, damit ich trotz meiner weichen Knie einen festen Stand habe.

Pauline, Claas und die anderen sehen wie Legomännchen aus. Ich bin dankbar, dass ich hier oben nicht hören kann, was sie gerade dort unten über mich reden.

„Ist Toni jemals von dort oben gesprungen?", will Pauline in diesem Moment von Claas wissen. Der schüttelt den Kopf: „Nicht, dass ich wüsste. Und ich kann es mir ehrlich gesagt auch nicht vorstellen." Danach geht sein besorgter Blick nach oben zu seinem Freund, den alle guten Geister verlassen haben. „Ich habe wirklich kein gutes Gefühl bei der Sache!"

Pauline kaut auf ihrer Unterlippe herum und schweigt. Bis die Nervensäge Pia erneut zuschägt: „Da kannst du dir jetzt richtig was drauf einbilden, Pauline, dass du Toni da hochgejagt hast. Er macht das nur für dich!"

Mit einem gehässigen Lachen zieht sie anschließend endlich ab. Zurück zu den anderen Mädchen, die schon alle ihre Smartphones gezück haben, um das spannende Duell für die Nachwelt festzuhalten.

Inzwischen haben auch Timo und Eric die Plattform ganz oben erreicht. Sie winken siegesicher nach unten und prüfen selbstbewusst die Höhe am Rand der Absprungkante. „Ich fange an", legt Eric den Startspringer fest. Erneuter Gruß nach unten, tiefes Luftholen, kurzes Anspannen des Körpers, Absprung. Kerzengerade schießt Eric nach unten, die Füße gestreckt, die Arme seitlich an den Köper gepresst. Ich beneide den Glücklichen, der das bereits hinter sich gebracht hat, was mir inzwischen schlottende Gliedmaßen und krampfartige Bauchschmerzen beschert.

Als er ins Wasser eintaucht, brandet Beifall auf. Die Jungs pfeifen, die Mädchen klatschen und rufen rhythmisch „E-ric, E-ric!" Als der Held aus dem Becken steigt, stürzen Sascha und Lennart auf ihn zu und führen ihm sogleich das beeindruckende Video zu seiner Heldentat vor.

Anschließend blicken wieder alle nach oben in Erwartung des nächsten Springers. Als Timo mich fragend anschaut, entgegne ich: „Du zuerst!" Mein direkter Gegner um die Gunst Paulines benötigt zwar etwas mehr Konzentrationszeit (insgeheim habe ich gehofft, er würde doch noch kneifen), aber dann springt auch er in der gleichen Technik wie Eric.

Wieder Beifall. Wieder stürmischer Empfang des zweiten Helden am Beckrand. Gut, dass ich Paulines begeistertes Gesicht von hier oben nicht erkennen kann. Gut auch, dass ich vorhin nochmals auf dem Klo gewesen bin, sonst würde ich mir jetzt vor Angst in die Badehose machen.

Wie befürchtet richten sich nun alle Blicke auf mich. Den letzten auf dem Sprungturm verbliebenen Helden. Der es Pauline beweisen will. Sie mit einer wahnwitzigen Aktion doch noch erobern will. Claas winkt mir aufmunternd zu.

„Mach was, Claas!", hat ihn Pauline wenige Augenblicke zuvor aufgefordert. „Toni muss da runter!" Daher winkt Claas jetzt wild, um seinem Freund Toni zu signalisieren, dass er doch bitte schön wieder herunterkommen soll.

Wohlgemerkt, über die Leiter.

Gedankenversunken genieße ich die Einsamkeit in luftiger Höhe, als ich plötzlich laute Anfeuerungsrufe höre. Zuerst ist es nur Pia allein, die „To-ni, To-ni!" anstimmt, doch kurz darauf fallen die anderen in den Chor ein: „To-ni, To-ni!" Jetzt gibt es kein Zurück mehr für mich, ich muss da durch. Wenn Eric und Timo das geschafft haben, kann ich das auch schaffen, mache ich mir Mut. In winzigen Schritten nähere ich mich der Absprungkante, die Hand stets an der sicheren Reling.

Je näher ich dem Ende der Plattform komme, umso stärker werden meine Bauchschmerzen. Meine Knie haben längst das Puddingstadium erreicht. Erstaunlich, dass sie mich überhaupt noch tragen. Vorne angekommen blicke ich vorsichtig nach unten. Ich konzentriere meinen

Blick allein auf das Becken und blende alles Übrige aus. Vor allem das Publikum.

Ich sehe Blau. Nur Blau. Ein hartes, böses Blau, das schon sein Maul aufgerissen hat, um mich gleich zu verschlingen. Ich werde eine leichte Beute sein.

In diesem Moment der Entscheidung und Erkenntnis überkommt mich plötzlich eine wunderbare Gelassenheit. Mein Atem beruhigt sich wieder, die Beine gewinnen an Festigkeit, mein Verstand setzt rechtzeitig ein.

Wenn du den Sprung riskierst, Toni, flüstert er mir zu, dann bist du kein Held, sondern ein Idiot. Helden werden nicht allein in gefährlichen Aktionen geboren, sondern auch dann, wenn ihre besondere Tat lediglich darin besteht, die eigenen Grenzen zu erkennen und eine erlittene Niederlage möglichst würdevoll zu tragen. Eingestehen, dass der andere der Bessere war und ihm gratulieren.

So wie ich jetzt.

Lächelnd gehe ich zur Leiter und beginne den Abstieg. Die Reaktion der anderen auf meinen

Rückzieher lässt natürlich nicht lange auf sich warten.

„Feigling!", höhnt Pia. „Das war richtig, Toni!", steht Claas mir bei. „Das muss ich unbedingt filmen!", ruft Lennart begeistert. „Das wird der Brüller!" Doch aus seinem vermeintlichen Erfolgs-Video wird nichts. „Das lässt du schön bleiben!", zischt ihm Pauline zu. „Oder bist DU etwa gesprungen?"

Als ich endlich wieder den sicheren Erdboden erreicht habe, gehe ich zu meinem Platz und packe meine Sachen zusammen. Ehe ich mich auf den Weg zu den Duschen und Umkleiden mache, gebe ich noch Eric und Timo nacheinander die Hand: „Glückwunsch, das war eine super Leistung!"

Und mit einem schiefen Lächeln: „Ich hatte oben dann doch Angst gekriegt!"

Zu meinem eigenen Erstaunen fühle ich mich nach meinem Versagen jetzt nicht am Boden zerstört, sondern auf eine angenehme Weise sonderbar ruhig. Jetzt, da alles geklärt ist und die ewige Unsicherheit überstanden, blicke ich der nächsten Zeit sogar zuversichtlich entgegen.

Wenn ich den heutigen Horrortag überlebt habe, wird mich auch künftig nichts mehr so schnell aus der Bahn werfen können. Ist doch auch eine Art Sieg, oder?

Als ich das Schwimmbad verlasse, werde ich von Pauline erwartet, die sich in Windeseile fertig gemacht hat, um mich noch abfangen zu können.

Hallo!", lächelt sie mich an. „Hallo!", lächle ich zurück.

„Das war eine starke Leistung von dir da drinnen", lobt sie mich. „Es ist viel mutiger gewesen, wieder herunterzusteigen als zu springen." Verlegenes Lächeln, tiefes Luftholen. „Für mich bist du der eigentliche Held!"

Ich glaube mich verhört zu haben, daher hake ich nach: „Und Timo?" Pauline seufzt. „Der ist zwar einigermaßen nett, aber mehr auch nicht. Er geht morgen mit Pia ins Kino statt mit mir. Ich habe ihr die Karte zurückgegeben!"

Ich denke an Jos Pärchengutschein zu meinem Geburtstag, den ich bald einsetzen möchte. Vielleicht früher als gedacht, denn Pauline nimmt meine Hand in ihre. „Und es ist viel mutiger, zu seinen Gefühlen zu stehen und zu weinen, als den obercoolen Macker zu spielen." Sie drückt meine Hand. „Und es ist auch mutig, vor lästernden Großmäulern Hundehaufen aufzuheben. Was ist eigentlich dein Trick gewesen?"

Grinsend erkläre ich mein damalige Vorgehen.

Pauline lacht und fährt fort: „Und du bist ein Held, weil du Piet ..." Weiter kommst sie nicht, denn ich halte ihr den Mund zu. „Genug. Ich habe verstanden."

Hand in Hand gehen wir Richtung Fahrradständer und Pauline bemerkt: „Dann wäre jetzt ja alles geklärt!"

Plötzlich bleibt sie stehen und lächelt spitzbübisch: „Nein, nicht alles. Was unternehmen wir am Wochenende?"

ENDE

Dieses Buches, aber Anfang einer neuen Geschichte!

Nachtrag:

Falls ihr jetzt wissen wollt, was meine 6. Strategie gewesen ist:

Mir selbst treu bleiben!